Tove Ditlevsen

Ansigterne

Tove Ditlevsen

SPRING 野

更具体地生长

All This Wild Hope

爱是一种你事后回想起来会感到恐惧的疾病。

我不在乎这个世界。
我只想写作和阅读；我只想做自己。

Tove Ditlevsen
1917—1976

Tove Ditlevsen

Ansigterne

面 孔

[丹麦] 托芙·迪特莱弗森 著

徐芳园 译

GUANGXI NORMAL UNIVERSITY PRESS
广西师范大学出版社
· 桂林 ·

图书在版编目(CIP)数据

面孔 / (丹) 托芙·迪特莱弗森著; 徐芳园译. ——
桂林 : 广西师范大学出版社, 2025.2 (2025.4重印)
ISBN 978-7-5598-6923-4

Ⅰ.①面… Ⅱ.①托… ②徐… Ⅲ.①长篇小说 – 丹
麦 – 现代 Ⅳ.①I534.45

中国国家版本馆CIP数据核字(2024)第089314号

著作权合同登记号桂图登字: 20-2024-027 号

MIANKONG
面孔

作　　者: (丹麦) 托芙·迪特莱弗森
责任编辑: 彭　琳
特约编辑: 苏　骏　赵　晴
装帧设计: 汐　和　at compus studio
内文制作: 常　亭

广西师范大学出版社出版发行

　广西桂林市五里店路9号　邮政编码: 541004
　网址: www.bbtpress.com
出版人: 黄轩庄
全国新华书店经销
发行热线: 010-64284815
北京启航东方印刷有限公司印刷
开本: 787mm×1092mm　1/32
印张: 6.5　　字数: 84千
2025年2月第1版　2025年4月第2次印刷
定价: 45.00元

如发现印装质量问题, 影响阅读, 请与出版社发行部门联系调换。

1

到了晚上，情况稍微好了一点。她可以抚平它，小心翼翼地观察它，希望有一天能看到它的全貌，仿佛它是一条没织完的、多彩的戈贝兰[1]挂毯，上面的图案也许会在某天显现出来。那些声音重新浮现在她脑海中；稍微耐心一点，它们就能像缠成一团的毛线球那样被一根根解开。她可以平静地思考那些话语，而不必害怕新的话语会在夜晚结束前出现。在这段时间里，夜晚勉强才能将两个白天分开，如果她碰巧往黑暗中吹出一个孔眼，就像在结霜的窗玻璃上呼气那样，清晨也许会提前几个小时照进她的眼睛。

---

[1] 戈贝兰（Gobelin），法国著名挂毯品牌，由染织世家戈贝兰家族于 15 世纪在巴黎创立。——若非特殊说明，本书注释均为译者注

他们都睡着了，除了格特，他还没回家，虽然已临近午夜。他们睡着了，他们的面孔空白而平静，在天亮之前，都不必再次使用。他们甚至可能脱下了自己的面孔，小心翼翼地放在衣服上，好让它们休息一下；在他们熟睡时，面孔就不是绝对必需的了。白天，面孔不断变幻，仿佛她看见的是它们在流水里的倒影。眼睛、鼻子、嘴巴——这个简单的三角形——怎么会包含如此无穷的变化呢？在很长一段时间里，她一直避免上街，因为成群的面孔令她害怕。她不敢接受任何新的面孔，又害怕再次遇见那些老面孔。它们跟她记忆里的模样一点也对不上号——在她的记忆里，它们躺在逝者身旁，而她以另一种方式被保护起来，不受逝者的侵扰。当她遇到多年没见的人时，他们的面孔已经改变、老去、变得陌生，并且没人试图阻止这件事。她没有照顾好它们，它们从她悉心防护的手中滑落，这双手本该将它们托举出水面，就像挣扎中的溺水者那样。

她一心扑在其他事情上，没有照顾好这张面

孔，在最后一刻，它被一张新面孔取代了；新面孔是从一个死去或沉睡的人身上偷来的，在那之后，失窃者只能尽力凑合。这张面孔要么太大，要么太小，还带着不属于新主人的生活痕迹。然而，当你习惯它后，原来的面孔会隐约显现，就像旧墙纸会开裂，在破损处露出隐藏在下面的一层墙纸，依然崭新，保存良好，充满房子前任租户的回忆。

然而有些人，出于不耐烦或跟上潮流的需要，会在旧的面孔还未磨损时就换上新的面孔，就像人们去买新衣服，即使身上的那件还几乎没穿过。很多年轻女孩都是这样，有时，倘若她们晚上要外出，甚至会与一名女友交换个别五官，装扮上一双更大、更明亮的眼睛，或者一个更修长的鼻子。当然，这会令她们的皮肤变得紧绷，但这感觉并不比穿一双小一码的鞋子更难受。

不过，在仍处于发育阶段的孩子身上，这种现象最为明显。你无法用目光凝视它们；你的目光会从它们的表面反射出来，就像你盯了很久的镜子一样空洞。孩子们戴好面孔，仿佛那是他们必须长大后才能戴起来正好的东西，在许多年里都不会合身。面孔几乎总是戴得太高，他们不得不踮起脚尖，拼尽全力才能看到眼睑内侧的画面。

他们中的一些人，尤其是女孩，不得不把自己的童年藏在一个秘密抽屉里，去经历母亲的童年。那种女孩拥有最大的困扰。她们的声音会像创口的脓液那样从喉咙中迸发，这声音会吓到她们，就像她们发现有人一直在读自己的日记，尽管从她们戴上那张被丢弃的四岁孩子的面孔起，日记就上了锁，放在废弃物品和旧玩具中间。那张面孔会在陀螺和残破的玩偶中间，抬起无辜、惊讶的玻璃眼睛盯着她们。她们睡得很浅；她们的睡眠散发出恐惧的气息。每天晚上打扫完房间后，她们不得不收起思绪以度过夜晚，就像必须被哄进笼子的鸟儿。有时，其中一缕思绪不属于女孩们，她们就不知道该拿它怎么办了。由于总是很疲惫，她们会急匆匆地把它塞进橱柜后部，或者夹在书架上的两本书之间。可当这些女孩醒来时，她们的思绪不再适合她们的面孔了；在睡梦中，这些面孔溶解了——就像硬纸板做的万圣节面具，被她们温暖的呼吸弄得湿乎乎、烂兮兮的。她们费力地戴上新的面孔，就像接受命运，然后低头看着自己的脚，一夜之间距离就变得如此之大，这让她们感到晕眩。

她用眼角的余光看向房间，没有移动头部。有一张梳妆台、一个床头柜，还有两把椅子。房间看起来光秃秃的，就像一座没有墓碑或十字架的坟墓。这很像她年轻时租住的房间，她在那里写出了最早的几本书，也只有在这个地方，她才能感受到那种脆弱的安全感，其本质只不过是缺乏变化。她仰卧在铺好的床上，双手放在脑后。她必须保持完全静止，避免突然移动，以防内嵌式橱柜——那些令人不安的窟窿——里的东西，会连带着她整个童年浓缩的恐惧翻滚而出。

她慢慢伸出手去拿安眠药。她摇出两片，用水送了下去。她是从吉特那里拿到药的，后者把她觉得他们需要的一切都给了他们。面对吉特，你得比面对其他人时更警觉。你必须在某些词语滑过她的嘴唇之前扼杀它们，不计代价，不择手段。她们彼此直呼其名，莉塞想，这是个劣势。吉特刚开始为他们工作的一天晚上，她和格特跟她喝过几杯，因为吉特并不缺乏某种大专生的"修养"，他们觉得不能把她当作一个普通管家对待，毕竟普通管家的个人生活跟雇主家毫不相干。

吉特是她两年前突然成名的结果，当时她获得了学院颁发的儿童文学奖，在她自己看来，得奖的书并不比她的其他书更好，也没有更差。除了一本几乎无人关注的诗集之外，她只写过儿童读物。这些童书在女性专栏上得到了很好的评价，卖得不错，令人欣慰的是，这些书一直被这个专注于成人文学的世界忽视。名气粗暴地撕开了一直将她与现实隔开的面纱。她发表了获奖致辞，稿子是格特给她写的，在演讲过程中，她被童年时的恐惧攫住，害怕被揭去面具，害怕有人会发现她一直在装腔作势，装成一个她不是的人。

从那时起，那种恐惧从未真正离开她。每次接受采访时，她总是重复格特或阿斯格的看法，仿佛她从未拥有过独立的思想。十年前，阿斯格离开她的时候，在她体内留下了一个词汇和思想的仓库，就像火车站行李寄存室里一只被遗忘的手提箱。用完里面的内容后，她转而借用格特的观点，可他的观点总是随着情绪而变。只有在写作时，她才能表达自我，而她没有其他天赋。

格特把她的名声看作对他个人的侮辱。他坚称自己不能跟一部文学作品上床，他极为勤勉地拈花惹草，并且一丝不苟地让她了解他的浪漫征服史。她觉得自己的灵魂似乎正在沉入冰窟，因为那时她依然爱着他，还被失去他的恐惧攫住了。

她最好的朋友纳迪娅是一名儿童心理学家，她送她去看了一位精神科医生，医生向她解释说，她吸引的男人往往情感生活复杂、性格果断干脆，但对自己的能力充满怀疑。她是个聪明的病人，发现了阿斯格和格特之间的某些相似之处。只是阿斯格在年纪稍长时起了事业心，这份野心要求家庭予以绝对、不知疲倦的配合；而一个写童书这类荒唐东西的妻子突然成了负累，成了他本人的弱点，随时会被敌人攻击。另一方面，约恩森医生对她解释道，格特的不忠绝不会导致离婚，因为那些越轨之事主要是替她做出的。那只是一种泄愤行为，就像两岁的孩子把麦片粥弄洒一样。由于他自己复杂的神经症问题，格特与她紧密联结在一起，他不太可能再次放弃自己的身份，去追求某种仅仅类似爱情的东西。

安眠药开始起作用，由于她放下了戒备，一张面孔挣脱了其他面孔，开始带着那种古老、不加掩饰的恶意凝视她。那是她小时候曾转身去看的一个侏儒的面孔；在同一时刻，他也转过头来，看着她。直至生命的尽头，她都会将那张面孔随身携带，就像一种无法用悔恨弥补的古老愧疚。

前门的钥匙转了一下，声音仿佛透过许多层羊毛毯才传到她耳中。是格特回家了。她听到他走过餐厅，以为他要去厨房喝瓶啤酒，或者去女佣房找吉特。接着，门开了，他站在她房间门口。

"你睡着了吗？"

"没有。"

她用手肘支起身子，看着他的鞋。它们靠得

更近了，变得越来越大，就像在一出荒诞剧里，地板之间长出了蘑菇，而每天除掉蘑菇成了世上唯一有意义的行为。他走得更近了，她惊慌失措，觉得一下子跟一个完整的人结婚，实在是难以承受。

她唤醒了他们之间仅剩的几个词语；它们在她嘴唇上僵硬、不适地伸展开，就像被人从睡梦中拽出来的孩子。

"坐下，"她说，"出什么事了吗？"

他在床头柜另一边的椅子上坐下。台灯的光落在他手上，那双手紧张地攥紧又松开。他的面孔藏匿在黑暗中，她从记忆中拽出那张面孔——柔弱、憔悴，五官小巧而规则。

"是的，"他说，"格蕾特自杀了。"

她感到他的目光落在自己的脸上，于是转身面对墙壁。她的心脏怦怦跳得很快。你丈夫的情人结束了自己的生命，你该有什么感觉，或者说什么话？没有先例可循。她习惯了在他身上使用她那些陈旧的、磨损的感觉，就像盲人依靠越来越遥远的、失明前的视觉印象来寻找方向。某些词语和语调属于这些感觉，走出这块熟悉地带，就像在雷区里穿行，险象环生。

"我很抱歉，"她用一种礼貌得近乎愚蠢的语气说道，"可你不是跟她结束了吗？我以为你跟我说过。"

突然，绿窗帘看起来像是用绉纱纸做的。那一定是安眠药的缘故。她注意到，药片使自己的反应变得迟钝。

他移动台灯，好去拿香烟。现在光线落在他的面孔上，可她不得不避免去看它。

"是的，"他叹气道，"但她待在家里，没去办公室，也没打电话请假。而他们大概是从她那里听说了，知道我有她公寓的钥匙。约瑟夫森叫我过去看看出什么事了。她就在那里，躺在床上，手里拿着空药瓶。真令人震惊。不是说这事会让我降职，可你能看出来，这让人尴尬得要死。他们盯着我，就好像我谋杀了她。"

他点了一支烟，手在颤抖。

"一开始我就知道，挑办公室里的女孩是件蠢事。还是那个年纪的。单身女人到了三十五岁左右，仅仅对她们表露一点同情都是有风险的。"

"我四十岁了。"她心不在焉地说。她立刻后悔了。他们之间这令人疲倦的游戏有一条规则，就是她从不把注意力吸引到自己身上。她感到他的凝视像一盏炽热的探照灯。

"这不一样，"他生气地说，"很难再把你当作人类来认真对待。就像我们在杂志上看到你前夫被评为全国十佳着装男士一样。连你自己都觉得这很荒谬。"

"格特。"她说。她嗓音里带着温柔，用来掩饰她匮乏的爱意。"你没法确定她是因为你才这么做的。纳迪娅说过，有些人的自杀门槛可能很低。有一次她告诉我，一个女孩因为自行车被偷就轻生了。"

"我知道，"他说，"我不会高估自己的重要性。但我把工作看得很重。而这样的事将一切都断送了。"

在谈话中，她第一次正视他的面孔。它有点

不对劲。他所有的五官看起来都彼此分离，就像连续几桩婚姻里留存下来的家具。他双眼下方形成了两个小小的圆袋，仿佛他在里面装了一段失败人生的痛苦回忆。刹那间，某种类似共情的东西涌上她心头，就像灯塔的光柱照亮了远处的海浪。接着，她瞥到了他的耳朵，巨大无比，长满了毛发，就像动物的耳朵一样。这不可能是正常的。她闭上眼睛，重新陷进枕头。

"这事过几天大家就会忘记的，"她说，"现在回你自己的房间吧，格特。我要睡觉了。"

"不好意思，"他生气地说，"我一时忘了你的时间有多宝贵。"

他站起来，发出不必要的动静，没说晚安就离开了房间。

她关掉台灯，但黑暗没有给她带来慰藉。他说她的时间宝贵是什么意思？他是在假设她活不长了吗？

厨房里有人在放水，一个男孩粗犷的笑声穿透墙壁，钻入她的房间。她再次打开灯。是莫恩斯在笑。他根本不晓得，她知道他在跟吉特睡觉。吉特也在跟格特睡觉；她说这对他们的婚姻有好处，而她下定决心要拯救这桩婚姻。墙边有一双汉娜的鞋，她之前没注意到。那是一双红色的尖头鞋，是格特给她的。吉特说，格特这样宠着汉娜，对两个男孩来说太过分了。在吉特提醒她之前，莉塞从没想过这个问题。不知为何，看到这双鞋她就心烦意乱，于是她起身把鞋放到门外，然后再次躺下，关掉了灯。

2

日光往房间里倾注了一种无邪的童贞，令夜里发生的事在一瞬间变得比童年的任何一天都遥远，封存在她的脑海中，就像一只被包裹进琥珀的千岁昆虫。

她拉开窗帘，望向封闭的庭院。开始解冻了，蒸汽从油乎乎的路面升起，仿佛从一块湿抹布上冒出来。在二月暗淡、寒冷的阳光下，一只猫正坐在一个垃圾桶的盖子上，舔舐着它的爪子。她听着餐厅传来抚慰人心的喃喃细语——吉特正在那里跟孩子们吃早餐。吉特很注意保护莉塞的写作时间，就好像她是歌德或莎士比亚。尽管她已经两年没写过一行字了。她对自己说，那个失去母亲的孤女身上有种动人的东西——她破釜沉舟，为了给彻头彻尾的陌生人的生活带来秩序。这样想能减轻她的恐惧，让某些事情变得更容易了，就像孩子看似屈服于成年人一样。

她穿上浴袍，坐在梳妆台前，尽可能不发出任何声响。在镜子里，她的面孔看起来疲惫、磨损，像一只旧手套。她的嘴被两道淡淡的潦草线条勾勒成括号状，线条在她下巴的斜坡前面一点戛然而止，仿佛这位不知名的艺术家在画到一半时被叫走了。她的眼神就像正在说谎的孩子那样，坦率而真诚。三道细密的皱纹如同珍珠项链挂在她脖子上，而且一天比一天深。这张面孔，这张承载了如此多不能让世界了解之事的痕迹的面孔，能撑到她生命的尽头吗？在她不注意的时候，它是否会对她怀有敌意？当它在某个晴天瓦解时，下面会是什么？她想起自己小时候穿的那些大过了头的衣服和鞋子，总是买来等她长个子，总是穿破了才刚好合身。

每当在报纸上看到她的照片时，汉娜就会说："噢，你真上镜，母亲。"瑟伦说："你是我班上最漂亮的母亲。"莫恩斯什么都没说。吉特说，有一个出名的母亲是很不容易的。她引用了格雷厄姆·格林[1]的话，说道："成功是对人类天性的残害。"吉特用起世界文学和报纸来，就像它们是用来让她的日常工作更轻松的厨房电器。

门开了，她猛然扭头，吓了一跳，仿佛在偷偷做坏事时被抓住了。是瑟伦，他嘴唇上方沾了牛奶，像长了白胡子，身上背着背包。

"再见，母亲，"他犹豫不决地说，"吉特说我可以进来看看你是不是还在睡。"

"没有，我已经醒了。再见，瑟伦。你不吻我一下吗？"

她俯身吻他的嘴。他用双臂搂住她的脖子，一股被打断的睡意、学校的灰尘和孩子气的负罪感笼罩在两人身上，持续了片刻，就像一顶保护斗篷，仁慈地裹住了倒下的敌人。她搂住他的肩膀，满怀阴暗的同情，注视着这张疲惫不堪的小小面孔。

1　格雷厄姆·格林 (Graham Greene，1904—1991)，英国作家、记者，被誉为 20 世纪最杰出的小说家之一。——编者注

"你该理发了。"她装出快活的语气说，接着抚摸了他柔顺的金发。

"不，"他从她手中挣脱出来，激动地说，"吉特说我留长发好看。我去理发店剪完头发后，其他孩子都笑话我。"

"我明白了。"

她迅速挺直身体，就在同一时刻，吉特走到了他们之间。她抓住小男孩的手腕。

"动起来，"她威严地说，"差两分就八点了。"

她大步穿过房间，脸上的表情仿佛在说，她是个有人生目标的人，又突然停下来，像一辆在突然出现的路障前急刹车的汽车。她拿起药瓶，盯着莉塞，近视的双眼里带着强烈的道德感。

"格特叫我收好它们，"她说，"格蕾特这档子事让他受了打击。他再也不想经历这种事了。"

"噢。"莉塞说。她坐到了床上，感觉自己是透明的，像是被人从纸上剪下来的。"他跟你说了那件事？"

"那是你自己的错。"

吉特漫不经心地把瓶子塞进牛仔裤的口袋，然后在她身边坐下。她丑得令人着迷，身上还散发着一股汗味。莉塞咧嘴一笑。恐惧像液体一样填满了房间。餐厅的钟敲了八下。

"他昨晚来我的房间寻求安慰。他想和好，莉塞。他已经准备好回到你身边，他想放弃一切对你不忠的念头。他想跟你上床。但你太累了，你想睡觉，你什么都不懂。"

她的嗓音里回荡着喷薄而出的不耐烦。她把手肘支在膝盖上，把脸放在架起来的双手之间。

"吉特，"莉塞说，"我早晨不能喝上一杯咖啡吗？"

"噢，天哪，当然可以。然后，我们就能谈一谈了。"

莉塞脱下浴袍，再次爬进羽绒被。在熟悉的被窝里，她失眠了。纳迪娅，她想，我今天要给她打电话。她向那个温柔、坚定的形象靠拢，那个纳迪娅心目中的她。纳迪娅认为她宽容得惊人，但她错把宽容当成了冷漠。要变得不宽容，你得置身其中。坦诚，她想，这就是吉特现在的诉求，我灵魂的一个小角落，一种人性的表达。这样，趁憎恨还没有爆发，今天就又撑过去了。

"先起来吃点东西吧，你需要的，我刚烤了点面包。"

吉特在前一天夜里格特坐过的椅子上坐下，然后往两个杯子里倒了咖啡。

"你得理解，"她诚恳地说，"事情对他来说糟透了。他得报警、叫救护车，还像个罪犯一样被盘问。"

"是的，我知道。可这就像发生在一个我不再认识的人身上一样，不知道你懂不懂我的意思。"

"是的，我懂，但你错过了最佳时机。然后他过来见我，但我只是你的替代品，就像很多东西一样。他说这一切都是对你的报复。"

"我到底对他做过什么？"

莉塞一边搅拌着咖啡，一边看见女儿汉娜封闭、神秘的面孔出现在眼前。每当她从汉娜身边走过——她们很久以来都避免触碰彼此——她都会嗅到来自自己童年的温热牛奶和湿胶靴的气味。想到汉娜的鼻孔里充斥着一种完全不同的气味，她心中不禁被阴暗的愧疚感占据，她的母性感官因为充满了太多回忆而无法捕捉到这种气味。汉娜的面孔颤抖着，在一种可怕的非存在状态中随风而逝，介于昨天被抛弃的面孔和明天将要佩戴的面孔之间。她想，当你把一切都考虑进来，那么格特在晚上入神地想着其他事情时，获得了动物的耳朵，这并不奇怪——毕竟，透过一个近亲的眼睛看见一条狗盯着你看，不也很常见吗？在这种情况下，你得巧妙地假装没什么异常，然后取下房子里所有的镜子，直到错误得到纠正。如果你让身边的人意识到这种疏忽和失察，你就会暴露他们的弱点并激起他们的愤怒，就好像你在派对上公开告知一位身着燕尾服的绅士，他忘了扣裤子的纽扣。

"什么都没做，"吉特说，"你没对他做任何事。就像在斯特林堡[1]的作品里。他笔下所有的人

---

1 奥古斯特·斯特林堡（August Strindberg，1849—1912），瑞
   典剧作家、小说家、诗人和画家，是欧洲现代主义文学的
   先驱之一。

物——他们毫无理由地憎恨彼此。"

"因为他们待在一起，即便爱早已消逝。"莉塞狡猾地说，把吉特引回安全的老路。"因为你不能只爱一个人，而忘记余下的所有人类。"

"没错，就是这个原因，"吉特满意地说，"爱你的邻居——别的做法都是彻底反社会的。这就是为什么我也不为格蕾特感到难过。那是一种自负的行为。"

吉特吸了吸鼻子，仿佛鼻子堵了似的；莉塞感到筋疲力尽，觉得这次危险已经过去了。

"你在大专学到的一些东西还不错。"她带着一种病态的感激之情说道。

"没错。"吉特站起来，把餐具收到托盘上。"家庭已经消失了。我们不想结婚，也不想把孩子带到这个世界上。但如果你这么做了，像你和格特做的那样，你们就得待在一起。我们不喜欢离婚。你昨晚应该让他留下的。那才是明智之举。"

最后一句话听起来上气不接下气，因为她正用手肘压下门把手。

莉塞下了床，打开通往书房的门。她深深吸了一口气，盯着立在那里的打字机，它落满灰尘、无人触碰，带着责难的意味在桌上肆意摊开，处于一种令人消沉的状态，因为没人用它工作。她的获奖作品整齐地码成了一摞。书的名字叫《离经叛道的人》。讲的是一名性罪犯者的故事。嫌疑指向一个贫穷的单身汉，他害怕女人，邀请邻里的小女孩去他的地下室商店喝汽水、吃饼干。凶手是调查期间最热心的凶杀案警探。故事的结局连她自己都感到意外。在她创造出人物后，他们便自行决定想做什么。写作一直像一场游戏，一项愉悦的任务，允许她忘记世上除此之外的一切。她想：如果我重新开始写作，整个噩梦就会结束的。汉娜曾经每天从学校跑回家。"你今天写了新的一章吗，母亲？"她会激动地问。接着，她会用亮晶晶的双眼读完这章。"噢，写得真好。我等不及要看下个部分了。"

汉娜在她的脑海里跑进跑出，就像黑暗房间里的一缕阳光。第一个孩子，一场奇迹，一个女孩。她所有的书都是写给汉娜的：童话，给小孩子读的短篇故事，关于一个孩子气的、属于女孩的幻想世界的短篇幅小说。她对自己能生下男孩感到震惊。她很失望，后来也就认命了。吉特说，莫恩斯和瑟伦都知道她想要女孩。吉特给了他们她拒绝给予的爱。莉塞喜欢他们，但吉特说，他们知道她爱汉娜胜过爱他们。

她拿起其中一本书。书的护封色彩鲜艳，富有戏剧性。吉特在上大专时读过这本书。整个快乐药圈子都对它充满热情。他们把它看作对当局的反叛，是他们反抗一切从众行为和当权者的武器。看到她招聘管家的广告后，吉特像溺水的人抓住救生木板一样抓住了它。她想逃离她的瘾，因为她了解成瘾的后果。她想变得健康、独立，并且为一名艺术家服务，因为只有在艺术里，你才是一个自由的人，超越那些造成世上所有不幸的致命之物。

莉塞穿着简朴的棉质睡袍坐在桌前，光脚踩在冰冷的镶木地板上。她很久没跟汉娜单独相处了。她不知道谁在阻止自己这么做。毫无疑问，在一套住了六个人的公寓里，想跟一个人独处就是很难。

"我害怕。"她把心里话说出了声。为什么他跟吉特讲了自杀的事？是什么在一天天逼近，如时间般无法逃脱？她眼前浮现出格特那双毛茸茸的大耳朵，知道自己必须绝口不提此事。她还看到了那个死去的女人。她吞下了多少片药？五十片——一百片？吉特把药拿走了。可她每晚得给莉塞两片，否则她没法入睡。吉特给了每个人一样他们离不开的东西。她跟格特上床；她跟莫恩斯上床；她给瑟伦鲜奶油甜点；但她到底给了汉娜什么？汉娜对她怀有一种警惕的保留态度，莉塞搞不清为什么。

她振作起来，走进浴室。浴缸里的热水温柔地抚摸她。她听见格特走出房间，呼唤吉特。他想喝咖啡，十点要去部里。他昨晚真的想跟她睡吗？但那已经变得毫无可能，就像一片汪洋将他们隔开。吉特说，所有男人都有某种变态心理。读大专时，在六个月里，她跟四十九个男人上了床，没有一个是正常的。一个男人只有穿着胶靴才能做。另一个用力打她的脸才能兴奋。格特想要对方掐他的乳头，而莉塞跟他结婚十年了都没发现这点。你得用指甲抠进去，吉特说，然后他会在剧烈的狂喜中到达高潮。

浴缸边上的热水管哗哗流水。显然，楼上有人在洗澡。吉特几乎从不泡澡。她下巴下有一条黑线，因为她只用海绵擦脸。污垢是她人生观的一部分。别忘了，她说，盘尼西林[1]是用霉菌制成的。

管道里的哗哗声继续响着，突然传来一阵得意的笑声。她冲掉腋下的肥皂，盯着生锈的水管，管道尽头是瓷砖下的格栅。另一根管道从天花板延伸到地板，将公寓彼此连接起来。吉特把耳朵贴到暖气片上时，能听到楼下的人在说什么。那是一套地下室公寓，住着一个耳聋的老妇人和她的两个中年子女。他们会当着她的面讨论她什么时候会死，因为她买了某种人寿保险，他们是受益人。笑声变得越来越响了；莉塞盯着水管，仿佛那是一个来自童年的橱柜，里面装着什么可怕的东西，会趁睡眠

1　盘尼西林即青霉素。

和黑暗将她淹没时冲出来。有人在跟另一个人说话，不时被阵阵笑声打断。听着像是莫恩斯透过套在头上的尼龙袜说话——他想吓唬弟弟时会这么做。她摘下浴帽，把耳朵贴在管道上。

"她笑起来时更糟。门牙的颜色都不对了。"

她用手指摸了摸自己的两颗烤瓷牙冠，又一次听到吉特的声音：

"她只看得见你能触摸或握住的东西。"

"只要我们有耐心，就能搞垮她。把药片放在你的梳妆台上。总有一天她会吞下它们，就像格蕾特那样。她已经在这么想了。"

那是格特的声音。

愤怒让血液在莉塞体内激烈地奔流。她从浴缸里起身，没等擦干身体就穿上了浴袍。在厨房里，吉特正往咖啡过滤器里倒水。格特站在她旁边，双手插在蓝色浴袍的口袋里。

"你们说的话我都能听见，"莉塞尖声说道，"但你们最好小心。我也有朋友。我会告诉他们这座房子里在发生什么。"

他们俩盯着她，都故作震惊。

"你到底什么意思？"格特问。

"你非常清楚我什么意思。"

她用颤抖的手把浴袍裹到喉咙处。

"你一定是在浴缸里睡着了。"吉特平静地说。她继续做着咖啡。"我知道那是什么感觉。你醒来后就完全糊涂了。"

愤怒消失了，就像滴到地板上、在她脚边形成一个小水坑的水。怀疑和困惑取而代之。

"你这么觉得？"她问，"我以为我能通过热水管听到你们的声音。"

"我们说了什么？"格特对她微笑，随后在厨房的餐桌边坐了下来。他眼睛深处闪烁着一团小小的恶毒火焰。

"没什么特别的，"她慢悠悠地说，"我记不太清了。我也许真的睡着了。"

她从橱柜里拿出一个玻璃杯，走到水槽边接了点水。像往常一样，吉特房间的门开着。这是在宣告她没有私人生活，你可以像进入公寓的其余地方一样，自由地进入她的房间。莉塞透过敞开的房门盯着里面看，似乎感觉一块湿抹布正在拧绞自己的心脏。

安眠药放在梳妆台上。

她一边喝水，一边迅速转过身来面对他们。她觉得他们在躲避自己的目光。

"今天我想邀请纳迪娅来吃午餐，"她用一种轻快的语气说，"我好久没跟她聊过了。"

"是的，"吉特一边在格特对面坐下一边说，"你的确需要见见除我们以外的人。"

"没错，"格特翻过一页报纸，说道，"如果你太孤僻，就会变得有点奇怪。"

他们俩都对她露出亲切、鼓励的微笑，就像一对父母，觉得该让十几岁的女儿出去透透气、找点乐子了。

3

上午晚些时候，光线已经垂垂老矣。它有种发黄、枯萎的色泽，就像遗留在一个无人问津的抽屉里的褪色快照。太阳藏在灰色的浮云后面，天空散发出一股寡淡、不清新的气味，就像绝食之人的口气。

莉塞关上了窗户。在外面宽阔的林荫大道上，车辆来来往往，互不关心。客厅楼下仓库的男人站在那里，正在跟一名卡车司机争论，后者的车辆暂时堵塞了交通。他激动地扬起双手，看起来就像这辈子第一次遭遇比自己更自私的人。也许这一切都发生在几千年前，如同星辰早已死去，光芒却刚刚抵达地球。

她再次坐下，坐在两张伦敦沙发之间的瓷釉

矮桌前，继续一丝不苟地修剪指甲。她就是因为指甲才失去了阿斯格。在他被任命为外交大臣的左膀右臂后不久，他们受邀参加了一场政府晚宴。在纳迪娅的帮助下，她选了一件价格不菲的新晚礼服，还去做了美容——做完之后容貌大变，连她的亲生母亲都认不出她。妆容将她的脸绷得僵硬，她还跟坐在旁边的绅士——一位刚经历了脑出血的国会议员——进行了令人疲惫的谈话。"出版《西比尔公主》之后，您真的写过什么吗？"他含糊不清地说。他误以为她是一名外交部顾问的妻子，而那位女士确实只写了那一本书。她忍受了好几个小时的折磨，到头来只听到这句话。

晚宴十一点结束，整个过程就像她童年的星期天，漫无止境，令人极度沮丧。"我觉得太丢脸了，"他们到家后，阿斯格说，"问题在于你的指甲。我喝咖啡时注意到了它们。你大概没意识到，可如果一个男人的妻子不愿意费心清理指甲，他是没法成就外交官事业的。"

在美容沙龙里，他们没能完全清除她与复写

纸和打字机色带之间亲密关系的痕迹。假如他们真的做到了，也许两人的婚姻还不会破裂。生活由一系列微小的、难以察觉的事件组成，忽视了其中任何一个，你都可能失去掌控。

她挥了挥手，让指甲油变干。透过敞开的法式落地门，她看见吉特沿着她书房的书架走动。每天，她都在书架上嗅来嗅去，就像狗嗅闻树木和石头一样，寻找那些会促使它抬腿的气味。带着胸有成竹的直觉和极度的精打细算，吉特贪婪地吸进汁液，吐出外皮。里尔克、普鲁斯特、乔伊斯、弗吉尼亚·伍尔夫——它们已经属于吉特了，如今她发现了这些书里写的是什么，便不打算再放手让它们离开。她极为讲究地小口抿它们，像一位自信的葡萄酒鉴赏家，让它们滑过她的舌尖，将它们扯离语境，并浸入她恬不知耻的解读。

她站在那里，身材瘦削，弯成问号状，从低处的书架上抽出一本书。她在那里站得有点太久了，像主人忘记去拉绳的提线木偶。你得时刻看紧它们，莉塞焦虑地想，并且让它们扮演好自己的角色：向前一步，往旁边两步，再用木偶的双手轻轻拍掌。一旦你忽略了它们片刻，去进行自己的思考，它们就会注意到，因为你的思绪危险而不同，威胁了它们那整个借来的存在。然后它们会报复，会开始为自己而活，就像那个未曾谋面的女人格蕾特一样。

她很快便溜进了吉特的皮囊之下——这副皮囊邋邋遢遢，缝合得很拙劣，因为有太多人参与其中。

"吉特，"她用那种哄骗孩子吃饭的语气说，"你不觉得汉娜的裙子适合你吗？就是那条蓝色的褶裙。她长大之后穿不进去了，我觉得你穿上会很好看。"

"噢，好的，"吉特说，"我很乐意要它。"

她骨瘦如柴的身体如折叠刀般展开。她看起来很快乐——仿佛一切都很顺利——就像年轻女孩获得意外的礼物时突然而单纯的喜悦。莉塞回忆起贫穷的滋味。你会为了买一本惦记了很久的书而少吃一顿饭。如果你唯一的一双长筒袜抽了丝，那就是一场灾难。为了省下有轨电车的车费，你会从小镇的一端走到另一端。贫穷像种难闻的气味，在你身上挥之不去。

莉塞那本获奖的书已经被译成了十一门语言，但她觉得富裕麻痹了她，就像贫穷曾做到的那样。

"《洛丽塔》。"吉特说。她扬扬得意地举起手里的书。"离开孤儿院后，我就再也没读过了。我们当时偷偷读，就像看黄书一样。"

"是的。"莉塞说。她的勇气在体内下沉，就像沙漏里的沙子。"最动人的是他对女孩的共情。他看见了她的孤独，知道自己正把她跟所有朋友分隔开来。"

她拉下上唇，盖住牙齿，这在吉特看来令人极为厌恶；因为她觉得，每张面孔上都有东西冒犯、挑战了世界，如同医生难以辨认的字迹冒犯了药剂师的自尊。

她允许一个安静、沮丧的想法悄悄溜进书页间。它又掉了出来，在护封的边缘挂了一会儿，随后落到地上，就像一颗从她睫毛间滴下的泪珠。书是吉特的，仿佛这是全世界唯一的一本，对它也只有一种可能的诠释。

"前几天，我在一本杂志里读到了一篇西蒙娜·德·波伏瓦的文章。"吉特一边说，一边在沙发扶手上坐下；一种单纯的自鸣得意从她面孔上滑过。"题目叫'洛丽塔综合征'。她说患此症的是不成熟、幼稚的男人。他们觉得成年女人可以一下子看穿自己。格特也很幼稚。他不想要一个势均力敌的伴侣。归根结底，我只是他的管家，这让他觉得安心。"

吉特松垮垮地、无礼地晃荡着双腿，就像一只人偶从腹语表演师手中夺回了对自己身体的掌控权，正在欢呼的观众面前表达主人最隐秘的想法。欢乐的笑声从她紧闭的双唇间自由流出。她变得如此聪明——莉塞斜眼偷偷看去，注意到她的喉头一点都没动。

"没错。"莉塞说道，紧接着又开口，试图转移注意力，并且把不可避免之事再推迟片刻。"给我和纳迪娅做几个三明治。请让我们单独相处。为了拜访我，她取消了一个病人的预约。她只有大概一个半小时。"

"我来处理，没问题。"

吉特跳起来，在她面前站了一会儿。与此同时，一丝残酷的欢乐在她靠得很近的两只绿眼睛里一闪而过，而她眼睛上方的眉毛长在一起，就像一对无法跟彼此分开的女友。

"跟理智的人说话，"吉特意味深长地说，"对你有好处。格特觉得你看起来不太好。今天早上你走进厨房时，他真的吓了一跳。你得小心，别把梦境和现实混为一谈。"

吉特离开房间时，莉塞盯着她窄小的后背看。空气里有东西在颤抖，就像度过一个无眠之夜后，你在眼前看到的道道条纹——一个想法从她的自我脱落，再也无法收回。

"你不会真觉得格特和吉特想让你像格蕾特那样自杀吧，不会吧?"纳迪娅满嘴含着食物说道，给了她一个缓慢而锐利的眼神，就好像她是个没受

35

过训练的速记员。

她柔和、阴郁的斯拉夫面孔突然塌陷，陷入下巴下方宛如火鸡颈部的肉垂里，仿佛无法再让自己留在原位，只好在那里寻求片刻庇护。为了不让它完全滑落——她们在艰难时期总是相互支持——莉塞迅速说道："不，纳迪娅，我不这么觉得。"

莉塞在脑海中急切地寻找人们称之为"常识"的东西。她拥有它，就好像它是一门人造语言，只有几个粗略的词语，只能用来谈论天气、晚饭或者火车时刻表。

"我非常清楚，"她继续含糊不清地说，"对格特而言，她只是个容易得手且近在咫尺的人。他不需要动用任何情感系统就可以跟她上床，仅此而已。她也不奢望爱情或婚姻。事实上，我觉得你说得对，我只是在浴缸里出神了一分钟，我的想象力就把我带跑了。你知道我总是做白日梦，想写一个给大人看的恐怖故事。汉娜十七岁了，她已经不看童书了。"

"这倒是。她怎么样？我好久没见她了。"

纳迪娅的面孔滑回了原位，她的眼睛如此纯净、闪亮，仿佛刚从干洗店取回来。她总是利落且一丝不苟地打理自己的东西，绝不允许手中的任何物品腐烂掉。

"很好。不过，她的生活中似乎还没有出现任何男孩。她到结交男孩的年龄了，你知道的。"

"会有的。她一直是个顾家的女孩。"

纳迪娅喝了一大口啤酒，眼睛变得又长又窄，就像快要融为一体的湿水彩颜料。这让她的表情变得狡猾而躲闪。莉塞想知道，吉特让纳迪娅进门时对她说了什么。她盯着自己的朋友，一种彻底的凄凉之情穿过她的身体，仿佛她正在浮冰上漂流，没有一个活人能听到她喊救命。她在很多层秘密面纱之后寻找着纳迪娅二十年前的面孔，当时她们常在皇家图书馆见面——很多年轻女孩都会去那里逃避家庭，对她们来说，家庭变得像去年的裙子那样束手束脚。纳迪娅把自己的朋友圈分享给了她，因为没什么阻碍，她就这样溜了进去，就像走进了一间为别人装饰的舞厅，就像她给汉娜的所有礼物本来都是打算送给其他孩子的。纳迪娅的朋友们是来自外省的学生，其中一个是阿斯格。如果没遇见纳迪娅，她可能会嫁给一名机械修理工，并住在诺雷布罗[1]，那里离她儿时的家只隔几个街区。

震耳欲聋的声响突然打破沉默，把纳迪娅吓了一跳，害得她将叉子都掉到了地上。她盯着餐厅门。

"看在上帝的分上，这是什么啊?"她问道。

"是吉特。她放了一张唱片，"莉塞满不在乎地回答，"她和莫恩斯离了噪声就活不下去。他一定是提早从学校回家了。"

"你为什么不把她赶走?"纳迪娅直截了当地问，"你受不了她。"

"她给我安眠药，"莉塞小心翼翼地答道，"我也不是真的受不了她。"

她抬高了嗓门，试图将噪声压下去。恐惧再

---

1 诺雷布罗（Nørrebro）是丹麦首都哥本哈根的一个区，也被称作北关厢。

次向她俯冲下来，就像在养鸡场上方盘旋的猎鹰翅膀。

"她非常聪明；她读了很多书，很了不起。她还喜欢我，就像我是她母亲一样。"

她将目光固定在纳迪娅的面孔上，以免它再次飘走，同时心脏怦怦狂跳。

"你随便找个医生都能开到安眠药，"纳迪娅缓缓说道，"如果你需要的话。你不该让自己在这方面依赖吉特。要是你还能感到嫉妒，那对你来说会好得多。"

"约恩森医生把那种感觉从我身上切除了。"莉塞解释道，语气听起来像是在谈论破裂的阑尾。

"是的，但这样做有些不自然。顺便说一句，你应该再去见见他。我觉得你需要这么做。说实话，你看起来不太好。"

那是吉特用过的字眼。这不可能是巧合。危险从许多方向同时逼近，她想象不出来这一切到底是怎么回事。

纳迪娅站起来，拂去光滑短裙上的面包屑。

"我得走了，"她说，"见到你真好。最近我每次来拜访，吉特都把我拦下了，就好像你家里有具尸体似的。她说你在工作，不能被打扰。"

"那不是实话，"她们俩走向门口时，莉塞说，"但出于某种原因，她今天不反对你过来。"

纳迪娅冲动地拥抱了她，并吻了她的脸颊。

"答应我，"她认真地说，"你这几天去跟约恩森医生聊聊吧。他之前帮过你，你知道他是你的朋友。"

在餐厅里，吉特和莫恩斯正随着音乐的节奏跳一种扭来扭去的舞。他们放开了彼此，接着，莫恩斯用带有敌意的眼神看了母亲一眼。

"吉特和我，"他说，"要去美国大使馆参加反对越南战争的游行示威。"

"那就待在外围，"纳迪娅欢快地说，"不然你的脑袋可能会挨棍子。你不打算跟你的纳迪娅老阿姨打个招呼吗？"

"嗨。"他简短地说，随后懒洋洋地走到通往厨房的长走廊里，后面跟着吉特。她走动时装出一副青春活泼的样子，仿佛她刚满二十，比他大不到四岁。

莉塞看着纳迪娅站在狭小、昏暗的门口，正在镜子前穿外套。也许她可以信赖她，也许她真的对这一切都一无所知。

"真奇怪，"纳迪娅对着镜子里的自己笑了笑，说道，"他还拥有他父亲的面孔。"

"奇怪？"

莉塞怀疑地盯着她。突然，纳迪娅变得很大，房间都快要容纳不下了，就像她童年时的那个瓷娃娃，她把它放进了纸板小剧院里，那是她父亲照着《家庭杂志》的图案粘起来的。但人们就是会突然说出那样的话，她惊恐地想道，一点也不考虑跟别人分享自己的面孔有多困难，难到不可思议。他们没法同时使用它，莉塞也不清楚——因为孩子对这种事闭口不谈——这对父子间达成了什么样的复杂协议。一位部门主管非常需要他的面孔，而且它不能带有青春期男孩的夜间梦境和秘密不检行为的痕迹。轮到莫恩斯戴它时，面孔已经被成年人的烦恼和睡眠不足蹂躏得不成样子了，他不得不展开它，抹平皱纹，接着才在早晨戴上它去上学。

"再见，莉塞，"纳迪娅严肃地说，"好好照顾自己，行吗？别碰那些愚蠢的药片了。不吃药你也能睡得很好。"

她离开后，莉塞在那里站了一分钟，望着紧闭的门。她的思绪笨拙地寻找着约恩森医生的面孔，仿佛在抽屉里翻找某件很久没用的东西。她在许多其他面孔之下找到了它，惊恐地盯着它看。它长而扁平，无边无际，就像"两条平行线永不相交"这一定理的图解。它令人不知所措，于是她又松手放开它，同时走进餐厅，关掉了唱片机。

4

"很久很久以前，有一位老妇人，她是个非常邪恶的女巫。她有两个女儿：一个丑陋、刻薄，但这是她爱的那个，因为那是她的亲生女儿；另一个美丽、善良，但这是她恨的那个，因为那是她的继女……"

"丑的那个是汉娜，美的那个是吉特。"

"所以我是邪恶女巫？"

莉塞把瑟伦拉得更近了，微笑着凝视他那张小脸；这张面孔突然比他七岁的年纪苍老了许多。他太快就将它耗尽了，不得不戴上一张未来的面孔，因为没人帮孩子规划如何使用时间宝库——尽管你绝不会想着把计划吃一整个童年的甘草糖一下子给他们。格特总是带着天真的骄傲说，这个男孩比同龄人成熟，却没有深入想想这句话包含了什么可怕的后果。

"没错，你是那个女巫。"

他嘲弄地笑了，随后缺乏同情心地看着她，那种毫不掩饰的神情只有孩子能做出来。

她继续读珍本《格林童话》，这是她在自己快乐的时期买到的。为了找到这本书，她奔波于一家又一家古籍书店。她朗读文字，但没有去理解词语的意思。瑟伦靠躺在枕头上。从他嘴里隐约散发出晚饭的气味，因为吉特说，刷牙会让牙齿生出洞来。她耳边又响起一阵哗啦啦的流水声。自从纳迪娅离开后，这声音已经持续了一整个下午。可当她踏入瑟伦凌乱的房间时，声音停止了。他提到吉特的名字，声音又回来了——这名字总是挂在他唇边，就像唾液。声音回来了，让她想起浴室里那些长而曲折的神秘管道，它们的功能只有水管工略知一二。另一方面，她对水管工一无所知；她想起童年的"长发公主"，楼下那个留着金色辫子的女孩，那个十五岁时被一个喝醉的老水管工弄大了肚子的女孩。她恨他，因为他夺走了她心中的美梦。现在，他用她耳朵里的这种流水声来报复了。医生可以清除耳朵里的噪声；跟另外那人相比，他是个更好的水管工。但这让分辨他们的声音变得困难，她似乎突然变得有点耳聋了。

她读完童话，发现瑟伦早已睡着。总是发生得如此突然，就像相机快门的咔嚓声。他睡着了，而她突然感到自己是多余的。电视传来的声响有种恐吓的意味；一个怀有敌意的世界似乎在呼唤她，急切地要求她参与其中。一句诗浮现在她脑海中：

比别人都迫切，你渴望翅膀，
大地灼烧了你的双脚

诗句安慰了她，这让她有了离开房间的勇气，加入其他人，如同你进入一个反复出现的梦，明知道里面的一切都是注定的，什么都无法改变。

她经过走廊里的电话时，电话响了。她拿起听筒，报了自己的电话号码。"抱歉打扰您，"一个女孩用活泼的嗓音说，"我是从《时事》报社打来的。我们正在做一个调查，我们的问题是'超短裙是否正在毁灭婚姻'，调查背景是一篇文章，作者是……"

餐厅的门半开着，她看见格特和汉娜坐在一起。他们的背影流露出一种人与人之间的亲密，让话语都变得多余。她用脚把门踢上。

"不好意思，"她说，"我没听到最后那部分。"

"好的，嗯，问题是穿超短裙的年轻女孩是否对男人构成了太大的诱惑，以至于会危害到婚姻制度。我说的尤其是四十到五十岁、待在家里的主妇。我们询问了许多重要女性对此事的看法。"

"如果是好的婚姻，就不会。"

她听到自己的声音里有一种不自然的清新感，并且在一瞬间觉得这段对话以前发生过，就像认出了一片风景，却清楚地知道自己从没去过。

"如果那个年龄段的男人迷恋年轻女孩，那是因为他们自己不成熟，跟时尚毫无关系。"

"是的，我也这么认为。非常感谢，抱歉打扰您了。"

她走进餐厅，坐在汉娜旁边，一边思考他们有没有听到这段对话。汉娜的蜜色长发遮住了她的侧脸。格特面前摆着一瓶威士忌、苏打水和一个玻璃杯。他礼貌地向前倾了倾身子，试图吸引她的目光。

"喝一小杯怎么样?"他问道，"你看上去需要来一杯。"

他的眼睛像葡萄干那样微微闪光，而他的耳朵，她宽慰地注意到，看起来跟以往一模一样。

"不，"她说，"我累了。我马上就要上床睡觉了。"

她盯着电视。主持人戴着眼镜的憔悴面孔突然变得很遥远，就好像她拿反了望远镜，正在从错的那头往外看。

"今天下午，美国大使馆门前发生了暴力骚乱，"他说，"警方和示威者依然在搏斗⋯⋯"

他消失了，随后他们看见示威者正朝着大使馆行进。

"吉特在那儿。"格特说。

"还有莫恩斯。"

汉娜身体前倾，而吉特转过头，似乎直勾勾地看了他们一会儿。接着，她继续跟其他人得意扬扬地游行。

"你不该让莫恩斯去的。"格特说。他拿起酒杯喝了一大口。"他对政治不感兴趣。如果他的亲生父亲知道这事，会大发雷霆的。当然了，这不关我的事。"

"噢，他不会卷进任何事的。"汉娜说，她小小的嗓音听起来只有十二岁，和她的真实年龄毫不匹配。"除非吉特逼他。"

"这是吉特来这儿以后第一次不在家，"莉塞说，"然后我们就在电视上看到她了。"

仿佛这不可能是巧合，仿佛这是正在逼近的东西的一部分，是潜伏在她身边的邪恶的一部分。

"这个世界疯了，"格特盯着自己的酒杯，阴沉地说道，"我们能察觉到被波德莱尔称为'时间的可怕羽翼'的东西。"

透过汉娜孩子气的芬芳头发，她迅速瞥了他一眼。她记得他们的波德莱尔时期，当时孩子们还小。波德莱尔的诗句成天挂在他们嘴上，格特还买了他的珍本作品集，但懂的法语不够多，读不出什么来。从那时到现在到底发生了什么？他已经很久很久晚上不待在家里了。继父不在家时，汉娜通常待在房间里不出来。他还在想着他死去的情妇吗？她不这么认为，因为总的来说，他的长处在于缺乏想象力。他无法用别人的眼睛去观看，也无法用他们的神经去感受。

电视上高声播放着越南战争的片段。画面变得模糊，她再次看到吉特的面孔，正盯着自己看。她很节俭，那张面孔仿佛是买来的二手货，打算用很长时间。这就是为什么穷人的面孔经常如此不协调；它们承载着不属于自己童年的痕迹，而那童年似乎总是苦涩而不幸的。她低头看着桌子，深吸了一口气——房间里突然没有足够的空气了。

"我想我还是喝一杯吧。"她边说边站了起来。

格特转向她。

"如果你要去厨房，"他说，"能不能去吉特的房间看看那本英文的托尔斯泰传记在不在？我前几天把书借给她了，但我还没读完。"

"好的。"她在门口说，似乎看到格特和汉娜对彼此淡淡一笑，松了口气，仿佛终于解决了一道数学难题。在狭窄的走廊里——由于光线太暗，他们整天都开着灯——她一动不动地站了一会儿，好像忘记了自己是来干什么的。她耳朵里的噪声消失了；寂静填满了她的心灵，如同一首诗。接着，她穿过厨房，走进吉特的房间。她带上门，但依然有种不安的感觉，仿佛自己并非独处。桌上放着莫恩斯的录音机，一个卷轴在呲啦呲啦地空转着。他和吉特用它录自制的广播剧。她关掉录音机，注意到药片仍然在梳妆台上，和早晨时一样。这画面没有一刻离开过她的脑海。她既害怕又着迷，盯着棕色的药瓶看，而现实就像火车开走时待在站台上的人一样，消失在了她身后。她听到地下室公寓传来难以分辨的声音；吉特知道楼下住户很多可怕的事情。关于托尔斯泰的书就在录音机旁，里面夹了一张书签。她翻开书，读着吉特用她那冷冰冰的小学生笔迹在书签上写的话。"托尔斯泰从不洗澡，"上面写道，"他的妻子性冷淡。"书的纸页还没有一一裁开。这显然是吉特从书里得出的信息，仿佛她从作者口中逼问出了他最重要的秘密。她阅读起来像一位在公寓里寻找线索的侦探，一点也不关心全局。楼下的说话声变大了，莉塞仿佛被另一个人的意志驱使，走过去跪了下来，把耳朵贴在靠近地板的热水管底部。

"她从来不在公寓外露面。信不信由你，他们想把她逼疯。我听到过那个丈夫和那个女孩谈论这件事。"

这是个男人的声音。恐惧就像突然发作的高烧，让她浑身哆嗦了一下。

"如果我是她，我会去报警。这是犯罪。"现在是一个女人在说话。

"不，这些手段很可能都是合法的，没什么问题。那丈夫显然是个律师。"

"你们在说什么？"

这是一个苍老、尖细的嗓音；莉塞记得吉特说过，这个母亲耳聋，他们说话时总是当作她不在场。

"闭嘴，老太婆，别多管闲事。"

她艰难地站起身，盯着墙壁，那上面似乎沾染了苦难和疼痛。她的心脏慌乱地狂跳。她得在灾难击中自己之前脱身。突然，她被一种可怕的疲惫压倒了，于是在一把椅子上坐下。她渴望平静，试图想象这个词意味着什么。她想起童年时父母不在家的那些夜晚。她会在自己的诗歌册子里写下诗句，而那是不能让他们看到的。她想象，他们现在牵挂的是除自己以外的事情了。平静意味着不存在于其他人的意识中。现在他们坐在那里，等她吞下药片。小时候，她总是按照大人的意愿行事，可现在，她内心的愤怒和叛逆已经苏醒，就像一根骄傲的火柱。她还没准备好去死。依然存在她爱的东西。她眼前浮现出瑟伦失落的面孔。他正在长大，面对着一个暴力的世界，而她是对抗它的唯一的脆弱堡垒。疲惫和绝望离她而去。她要骗过他们。她会吞下药片，然后打电话给约恩森医生，这样他就能确保她被送去医院。在那里，他们就害不了她了。围绕在她身边的会是友善的人，其他病床上会是她能够与之谈论孩子和爱情的女人，就像她曾经和纳迪娅做的那样，当时她们是住在一起的两个年轻女孩。医院里有一种白色的平静，闻起来像乙醚——就像生完孩子、忍过了疼痛后的白色平静。她被一种阴郁的焦躁攫住，走过去拿起了药瓶。她得把电话挪进自己的房间，并且不能让他们察觉。她的生死在此一举。她蹑手蹑脚地回到走廊，把药瓶放在床头柜上。接着，她又去厨房拿了个杯子。她在自己房间的水槽里给杯子接满了水。然后，她拔下走廊里的电话插头，拿着它走到窗台边，再跪下将它插进床底的插座。她打开顶灯，刺眼的强光从她眼睑下方溜了进去，像一种腐蚀性的液体。餐厅门开了，格特喊道：

"你去哪儿了？书不在那儿吗？"

"噢，在的，我马上拿来。"

她又跑回吉特的房间，抓起书，冲进餐厅放

在他面前。他们还在看电视，整件事必须在节目结束、吉特和莫恩斯回家前完成。

"我想我该去睡觉了，"她说，"我觉得好累。"

"去吧。晚安。睡个好觉。"

他看了她一眼，眼神中满是讽刺的悲伤。她想，这就是他与将死之人道别的方式吧。他常说，世上的人和书已经够多了。任何增添都只是重复。而爱是一种你事后回想起来会感到恐惧的疾病。对孩子的爱是唯一的例外，因为它不含欲望。但他也培养出了没有爱的欲望，这经常导致他宁愿去找妓女，而非情妇。她走进自己的房间，将他完全抛诸脑后，在那之前，她飞快地瞥了一眼汉娜，后者正坐着边啃大拇指指甲，边聚精会神地看电视上的一部电影。

她在电话簿里查找约恩森医生的号码。希望就像温柔、旋律悠扬的句子一样在她的身体里流动，而恐惧则像一只狗，躺在它的篮子里休息。她脱掉衣服，穿上睡袍。她爬上床，把药片倒在手里。它们洁白而无害，她没去数有多少片。她想都没想就放进嘴里，用水送服了。她不知道这些药多久能起效，但也许快没时间了。她走过去，拿起电话听筒，要求拨打医生的号码。一个女人的声音响起。

"约恩森医生在家吗？"她礼貌地问，"我是莉塞·蒙杜斯。"

"请稍等。"

电话里传来嗡嗡声和笑声，好像有很多人在。也许他在开派对。

"我是约恩森医生。"他的嗓音欢快而自信。

"我是莉塞·蒙杜斯。我吃了很多安眠药，现在不知道该怎么办。我不想死。"

"好吧，"他仿佛早就料到会这样，说道，"我马上派一辆救护车过去。"

他笑了，仿佛她讲了二十世纪最好笑的笑话。她把听筒从耳边拿开，盯着它。听筒传出的声音如同玻璃制品摔成一千片时发出的响声；恐惧再次涌上她心头。她挂断电话，格特和汉娜的笑声穿透了电视的噪声。地狱笼罩着她，她把面孔埋进双手。

泪水沿着她的脸颊滑落，感觉就像她的面孔正在融化，正在从指缝间流走。

5

　　小芭蕾舞女们在草地上跳舞，她们的动作甜美而纯真，仿佛四肢中仍然流淌着母亲的乳汁。她们随着只有自己能听到的音乐舞动。她们光彩夺目的裙子随风扬起，一模一样的娇柔面孔上挂着陶醉、庄重的表情，似乎没有任何外界的事物能够打扰。这里的草比世上其他地方的都绿，除了她童年时的森诺马肯公园草坪上的草。星期天，她会趴在父母中间的草地上，他们朝气蓬勃的笑声充满了整个世界。突然，一道长长的影子掠过草坪，就像一片暴雨云从明亮的太阳前经过。一个巨人般的警察从背景中的树丛里冒出来，迈着僵硬的步伐走向跳舞的孩子们，像个上了发条的机器人。孩子们似乎压根没注意到他。他走到其中一个跟前，正好看到她那咖喱色的裙子飞扬起来，露出了金色的双腿——她的小腿有着成年女孩的成熟线条。空中闪过一道明亮而清晰的光，女孩像玩偶一样倒在地上。刀从她的后背刺出，血在草地上漫延开来，像一朵火红的、熊熊燃烧的花。警察摸索着他的裤裆拉链，扑到了被害的孩子身上——她的面孔慢慢转了过来，就像一个不会被任何梦惊扰的熟睡之人。她看到那是汉娜的面孔，她想尖叫，却只能发出微弱的呢喃声。其他孩子继续跳舞，仿佛什么都没看到。她想站起来，但腰上有东西紧紧绑着她，她还听到附近有一个清晰、威严的声音。

"你醒了吗？"那声音问道，"你知道自己在哪儿吗？"

一个蓝白色的东西从她身边飘过。她看向一张光滑、新鲜的面孔，就像一枚刚生下的鸡蛋。

"是的。"她说，声带像干草一样干燥。可怕的景象消失了，她可能只是做了个梦。每当他们不想承认她看见或听到一些事情时，总会说她在做梦。

"是的。"她艰难地重复道。她用手挡在眼前，遮住了亮光。"但我不知道自己在哪里。"

"你在中毒救治中心。你已经昏迷了四十八小时。"

突然，她记起了一切，如释重负地笑了。她摆脱了他们，从他们的记忆中消失了，就像一条鱼从渔网的缝隙中溜走。对这个面孔形似鸡蛋的女孩来说，她此前从未存在过。

"你叫什么名字?"她感激地问道，又稍微大声地重复了一遍，因为她看到年轻的护士已经转过身去，正忙着注视另一张床上高高挂着的玻璃管，里面装着冒泡的浅紫色液体。床上躺着一个赤裸的女人，她的皮肤黝黑、饱经风霜，就像一个来自印度的老人。她张着嘴睡着了，从牙缝里钻出尖啸声，就像她从前的街区里的男孩们把手指塞进嘴里吹口哨那样。一根皮下注射针头被胶带固定在她手背上，通过橡胶管与一台仪器相连，里面的液体升起又落下，女孩不得不全神贯注地盯着起伏的节奏。

"我是延森小姐。"

她想翻身面对她，但有个硬邦邦的东西嵌进了她的腰部；她看到自己被人用一条宽皮带绑在了床上，上面满是螺栓和螺钉。它们看起来就像莫恩斯的旧童子军肩带上的那堆优秀奖章。

"我为什么被绑住了？"

"这样你就不会从床上掉下来。人们在完全醒来前总是躁动不安。他们想立刻获得自由。"

你能够听出来，这些话她已经说过几百遍了。莉塞感到内疚，因为她并不是一个真正想自杀的人。她把这里的人也骗了，如同一粒沙子潜入了一个完美运转的发条装置。她看着昏迷的女人，感到一种奇异的悲伤在脑海边缘浮现。他们至少可以盖住她的乳房。它们绵软并且被掏空了，仿佛很多孩子曾在那里吃奶似的。她身上布满了紫色的斑点，就像被殴打过一样。莉塞突然注意到自己的耳垂疼痛难忍。她碰了碰耳垂，一摸就疼，于是立刻松开了手。这时，她看见延森小姐在用手指拧那个女人的耳垂，同时专注地观察着她的面孔。她疼得抽了一下嘴角，护士看起来很满意。

"这样她很快就会醒了。"

"几点了？"

他们拿走了她的手表，她脖子和手腕上的金链也不见了。

"上午十一点。查房后你会被转入国立医院。这是约恩森医生的要求。"

他的名字唤起了她所有的恐惧，就像一根尖针刺在刚愈合的伤口上。她记起他在电话里的爽朗笑声，听起来好像她刚走进了一个设置已久的陷阱。

"我不想去那儿，"她害怕地说，"为什么我不能留在这里？"

"你是他的病人，而他是国立医院的主任。"

她闭上眼睛，芭蕾舞女们又出现了，仿佛她们被画在了她的眼睑内侧。她们正在跳舞，沉浸在空灵的喜悦中，再过一小会儿，可怕的事就要发生了。她迅速睁开眼睛。如果一直这样下去，她想，我压根没法睡觉。这时，她的耳朵里又出现了流水声。她发现隔壁床的女人没有下巴。她的下唇直接长进了脖子，就像一只动物。将这样一个畸形的人类带回她想要离去的人世，真是罪过。

一个医生走进门，来到她床边。他的表情看起来好像刚刚做出了某个重大决定。

"你醒了，"他边说边在她身边的椅子上坐下，"你的头脑完全清醒吗？"

"是的。"她说。

"你能告诉我你为什么这么做吗？"

她直视他的眼睛——他的瞳孔完全被眼白包围，就像煎鸡蛋一样。

"我太需要见一些新面孔了。"她坦率地说。

他突然跳起来，就像被蜜蜂蜇了一样。

"现在可不是开玩笑的时候，"他冷冰冰地说，"你在这里躺一天，就要花掉政府一百一十克朗。"

他看了她一眼，仿佛在说她刚刚永远失去了一个朋友，接着走到昏迷的女人身边，开始有条不紊、不动声色地掌掴她的脸颊，就像她是一块需要被捶嫩的肉。然后他跟延森小姐说了几句话，便离开了房间。她听不清他们说了什么。

"小时候，"她悲伤地说，"每当我态度非常严肃时，人们总是笑我，而我说了好笑的话时，他们会生气。但医生搞错了，我没在开玩笑。"

"听起来像是在开玩笑，"延森小姐冷淡地说，"不过别再谈这个了，救护车马上就到了。"

她在这里完全是多余的，她毒害了这里的气氛。在国立医院，她得特别谨慎地措辞，就像对待那些毫无保留地说出自己想法的孩子一样。某种东西也强行闯入了这里，她耳朵里的噪声、可疑的说话声，还有眼睑内侧的画面。她渴望一个未被触及的地方，一片她未曾踏足的处女领土，一条没有记忆的小路，年轻的恋人们在那里漫步，在他们眼里，她无足轻重，与大脚趾上的指甲无异。

"我要尿尿，"她孩子气地说，"你不能帮我把这条皮带解开吗？"

延森小姐走到她跟前，从挂在围裙腰带上的大钥匙环里选了一把钥匙。

"靠在我身上，"她说，"你可能有点头晕。"

离地板还有很长一段距离，她的双腿疼得像小时候在夜里长个儿一样。延森小姐靠着厕所隔间敞开的门站着等她。一个胖得惊人的女人走进这个贴着白色瓷砖的房间。她穿着一件红色格纹的病号服，莉塞站起来、拉下白色短袍时，几乎跌进她怀里。

"莉塞，"女人惊呼道，"你不认识我了吗？我是明娜。我们以前一起上学的。真没想到你现在出名了。当时我们都觉得你好蠢。说明我们错得有多离谱。"

她看起来很吃惊，仿佛她的肥胖在一夜之间伏击了她。在她的面孔深处，莉塞发现了一个长着漂亮的褐色眼睛、留着两条黑色细辫子的小女孩的面容。

"你有烟吗？"她问，充满对尼古丁的渴望。

女人笑了，双下巴都在晃动。

"这里不允许抽烟，"她说，"禁止吸烟。这是最糟的事情之一。但更糟的是没有口红。直到我在这里搞到了一支口红，我才算得上是个人。"

莉塞摸了摸嘴唇——干巴巴的，长满了会痛的小水疱。

"走吧，"延森小姐不耐烦地说，"厕所上完了。"

当她再次躺在床上时，她的过去像一堵墙一样升起，旁边起支撑作用的建筑物已经被拆除了。它带着她整个童年的脆弱凝视着她。水汽沿着墙滴落，就像泪水或雨水。她突然渴望到别处去，远离她的同学，远离那个动物般的昏迷女人，也远离眼睑内侧的快乐芭蕾舞女。

"呃，"延森小姐说，"救护车已经到了。别担心，你可能会住进一个开放式病房。"

两个穿制服的男人进来，将她抬上担架。他们用经验丰富的手将她裹进一条红毯子里，小心翼翼地抬着担架下楼。在救护车里，其中一人坐在那儿握着她的手。他的嘴是歪的，好像得了面瘫一样。车内安静得像大教堂。年轻男人的眼睛像瑟伦的眼睛一样清澈、明亮，希望的火焰在里面温柔地燃烧。他友好地捏了捏她的手，她想到自己很快就会躺在一张白色的床上，周围都是温柔、善良的女人，她可以跟她们轻声谈论男人和爱情。在那个新的地方，恐惧将不复存在。那个男人的目光似乎在抚摸她，她闭上眼睛，再也没看到芭蕾舞女。睡眠像温暖的水一样拥她入怀，她没发现那个男人松开了她的手。

6

　　从救护车里带出来的沉默持续着，但她感觉这沉默的总量是有限的，任何轻率的举动都可能过快地耗尽它，就像被困在潜水艇中的人必须节省氧气一样。她躺在床上，凝视着昏暗中的一切，试图找到方向。房间很大，天花板很高，床像是扬着白帆的小船，在暂时宁静的海面上轻柔地摇晃着。护士说她应该保持安静，因为病人们正在睡午觉。房间被下巴高的木板分成开放式的小隔间，每个隔间里有四张床。中间有一条宽敞的通道，两名护士正面对面坐在一张桌边，说着悄悄话。她的床头板靠着其中一块木板。外面在下雨，一首诗温柔地穿过世界，从她的心头飘过：

雨落在所有街道上

也落进我心里。

我在这世上漂泊了这么远

却依旧找不到平静。

诗歌是她在家唯一独享的东西，因为那是吉特不了解的领域，就像在她听来如同噪声的古典音乐。她闭上眼睛，但很快又睁开了，因为孩子们正在她的眼睑内侧跳舞，得保护她们免受世间恐怖的侵扰。为什么她在书里把警察写成了性罪犯兼杀人犯？你不该挑衅执法者，因为说不定哪天就会需要他们。护士的悄悄话说得太大声了。听着就像一壶快要烧开的水。一个句子挣脱开来，进入了她的耳朵，仿佛是从枕头里传来的。

"她真人太丑了！如果只见过她的照片，你绝对想不到。"

她感觉血液蹿到了脸颊上。她不再属于自己。不管她躲到哪里，人们总会厚颜无耻地为她打造一个形象，对此她毫无办法。里尔克曾在某处写道，如果你发现自己的名字挂在别人嘴边，那就换一个名字。她用手指抚摸整张面孔，仿佛要确认他们没有趁她昏迷不醒、无力提防时夺走它。她的皮肤冰冷、干燥，嘴唇上的水疱开始破裂，分泌出一种透明的液体，顺着下巴缓缓流下。她渴得要命，但更渴望抽支烟。她意识到，自己被剥夺得几乎一无所有。没有烟，没有钱，没有衣服，没有口红、梳子或牙刷。格特不会给她送这些东西，因为他一踏进医院就感到难受。有一次，他本该去探望住院的母亲，但他在上楼时晕倒了。医院的气味让他恶心，无法呼吸。她小心翼翼地翻了个身，一个年轻女孩的清脆笑声在她的另一只耳朵里回荡。

"我们问了许多重要的女性。"一个讽刺的声音说，对方发现她溜进了这些行列，就像你拿着一本早已过期的护照，偷偷越过了国境线。她不重要，大人读她的书也不是她的错。她谨慎地抬起头，手伸向枕头；声音是从枕头里传出来的，这一定有合理的解释。透过枕套，她抓住了一个坚硬的圆形物件，像一枚五克朗硬币那么大。那一定是个扬声器；她在床上坐起身来，愤怒多过害怕。

"护士，"她不管会不会吵醒其他人，尖声说道，"过来把这个扬声器拿走——我发现它了。"

一名护士冲过来。

"嘘，"她低声说，"你在说什么？"

她将枕头举到面前。

"扬声器，"她重复道，"把它拿出来。"

"没有扬声器，"女孩平静地说，"你身体里还有毒素，仅此而已。"

"看看这个。"

她检查枕头，疯狂地用手搜寻着那个圆形物件，可现在它消失了。她感到不确定。

"毒素，"她说，"什么时候会消失？"

"过几天，"女孩非常和善地说，"在此期间，你应该保持冷静，否则他们会把你转到上锁的病房里去。"

护士走过去，拉开窗帘。一缕灰色的光洒进房间，她周围的其他床上有了动静。一个毛茸茸的东西从她隔壁床的被子里探出头来，一个长着驴头的女人坐了起来，用一双布满血丝的、湿润的动物眼睛盯着她。

"你好，"她说道，"我是汉森太太。你叫什么名字？"

她吓得转过身去，没有回答。另一个驴头躺在那边，也盯着她。她仰躺在床上，望着天花板，心中充满了恐惧。她知道，有些机构里住满了畸形的、怪物般的人类，他们被藏起来，从生到死，除了医院职工，没人见过他们。他们把她送到那种地方了吗？她想到了"上锁的病房"这个说法，渴望去那里，却不知道这个词意味着什么：一个不同的地方，另一种现实，也许在那里可以生存。眼下，她得假装一切正常，就像面对长着兔唇或者口臭的人一样。那是最机智的做法。

"该喝点热巧克力了。"

是那个护士。她的面孔像一幅孩子气的素描，心不在焉地涂在作文本的空白处。这个女孩试图从里面将它填满，就像把手指伸进手套里看是否合适一样。她在努力迎合世界对年轻女孩外表的期望，圆圆的眼睛里充满善意和对犯错的恐惧。

"来吧,"她举起一件白色浴袍,说道,"你看起来需要喝点东西。"

她任由护士把自己带到房间另一边的一张桌子前。那些像动物一样的女人正围坐在桌旁,但其中一个拥有人类的面孔,和吉特的一样廉价、现成。她像其他人一样穿着病号服,正准备点烟。莉塞觉得抽烟会对自己有帮助。它会帮莉塞理清思绪,而这正是她最需要的。

"我可以借支烟吗?"她指着桌上的烟盒问。

女人将烟盒推向她,没有回答。她转向其他人,说道:

"新来的人总是重复同样的套路。她们借了一大堆烟,然后就再也见不着人了。她们也没有钱,你还没反应过来,这些人就出局了[1]。"

江郎才尽!她闷闷不乐地想。他们就是这么说她的,因为她两年没发表任何东西了。

1　原文为"written out",兼有"剧中人物不再出场"和"再也写不出文章"之义。下一句的"江郎才尽"为同一个表达。

"我会还你钱的，"她温顺地保证道，"我家里有很多钱。"

她用桌上的打火机点了支烟，深深地吸了一口。一阵愉悦的眩晕袭来，她谨慎地朝那张人类面孔笑了笑。

"你的床位在哪儿?"她试图搭话。

"就在你后面。我们可以透过隔板说悄悄话。我跟在你之前来的那个女人就是这么干的。"

微笑像蠕虫般爬过她的嘴角，之后她看起来仿佛从没笑过。

"你今天下午打算做什么?"其中一头驴问道。

"躺在床上看书。在这个无聊的垃圾场里还能干什么?"

她得习惯这种黑话，就像一个孩子进入新班级一样。她得习惯这些长着女人身体的驴和那个不是驴的女人，但出于某种原因，比起前者，她更害怕后者。

一个戴着疲惫、磨损面孔的新护士走过来，拉住她的胳膊。

"你该回床上去了，"她说，"而且你还不能抽烟，我忘记跟你说了。"

她顺从地让护士将自己领到床边，接着把枕头翻过来后才躺下。过了一小会儿，她看见那个女人走到隔板后面的床位，手里拿着一本杂志。一阵尖锐的低语在她耳边响起：

"我们发现你是什么样的人了。你准备写书的时候，就四处找其他作者的书看，那些都是有真才实学的人。你从每本书里偷一个句子，把它们像拼图一样拼在一起，然后让人们以为每句话都是你自己写的。"

"这不是真的！"

她满怀暴怒地跳下床，跑到隔板后，冲向那个恶毒的女人——她正以放松的姿势躺在床上，假装在阅读。

"这不是真的，"她赤脚踩着地板，重复了一遍，"我从没剽窃过任何东西。那是嫉妒我的人散布的谣言。"

女人放下杂志，用一双震惊且非人的眼睛盯

着她，就像泰迪熊的眼睛。

"你在说什么啊？"她惊呼道，"你借了那支烟后，我没跟你说过一个字。"

莉塞一下子扑到她身上，就像孩子们以前在操场上捉弄她那样。她把指甲掐进女人的面孔，极为满意地看着鲜血从两道长长的抓痕里淌下。

女人尖叫着，试图用手捂住面孔。护士跑了过来，强行将莉塞拉开。

"到底是怎么回事？"她激动地说，"你为什么要这样攻击哈尔沃森太太？回你的床上去，我会叫人立刻带你去上锁的病房。这间病房只给平静的病人住。"

她喘着粗气，任由护士把自己领回床边，不作抵抗。那个恶婆娘刚刚受到了应得的惩罚。不管上锁的病房里有什么在等着她，都不可能比这个更糟。

"那里也有驴吗？"她挖苦地问。

护士没有回答便离开了。她躺在那里，心怦怦直跳，盯着天花板。曾经，她真的从《格林童话》里偷过一个句子，然后换了不同的语境用在了她的一本童书里。想到这事，她总是满心羞愧，害怕被人发现。此刻，她的思绪四处飞扬，她觉得每个人都知道了，小小的羽毛变成了五只母鸡，就像安徒生的童话里写的那样[1]。她被无情地剥除了面具，世上再无平静。

"走吧，你该去见医生了。"

她把脚塞进女孩为她准备的做工粗陋的拖鞋里，任由自己的身体裹进浴袍，被人领着走过长长的走廊，进入一个门上写着"检查室"的房间。一个身穿白色工作服的女人正坐在桌前，翻阅着文件。

"坐下。"她冷冷地说，指了指椅子。

医生沉默地打量了她片刻。她的面孔脆弱得像玻璃，仿佛六英尺[2]外的一个喷嚏就能把它震碎成一千片，再也无法拼回原状。医生肯定集中了所

1　典故出自安徒生创作的童话《完全是真的》：一只母鸡啄掉了身上的一根羽毛，传到最后变成了五只母鸡啄光了自己的羽毛。

2　1 英尺约等于 30.5 厘米。——编者注

有精力来确保这种情况不会发生。

"你不觉得抓另一个病人的脸不对吗?"她缓缓说道。

"不对?"莉塞惊呼,"你是不知道她对我说了什么!"

"她说了什么?"

"和一支烟有关,"莉塞撒了个谎,"她借了我一支,然后说她再也收不回去了。"

"我明白了。"女人心不在焉地把玩着一把小刀。"你能因为这件事得到的唯一处理就是,你现在要被送进上锁的病房。你太不守规矩了,不能待在这里。"

"我一点也不介意,"她挑衅地说,"至少她不会在那里。"

医生起身走到门边。

"待在这儿,"她蛮横地说,"我去叫护士。"

不一会儿,那个面孔还未完工的年轻女孩走了进来,用虚伪的欢乐语气说道:"来吧,蒙杜斯太太,你该换病房了。"

她拿起叮当作响的大钥匙环，打开了走廊尽头的门。莉塞望向另一条走廊，那里的床铺挨得很近，很难从旁边走过。

"有人在吗?"女孩喊道，"我带了个新病人过来。"

远处，一个人影迈着轻快的步伐走向她们，似乎踩着橡胶鞋底。还没等她走到跟前，莉塞便听到身后的门锁上了。接着，她尖叫起来，用手捂住了嘴，双眼刺痛得仿佛被炽热的聚光灯灼伤了一样。

她正站在吉特面前，跟她四目相对。

7

"别再这么尖叫了！"

吉特试图拉住她的手臂，但她张开双臂，紧紧贴着上锁的门，仿佛被钉在了门上。

"吉特，"她说，"你为什么会在这里？我不知道你是护士。"

"我不叫吉特。我是波尔森小姐。"

莉塞盯着那两只靠得很近的眼睛，上面是连成一片的眉毛，盯着那个短粗的鼻子和那张带着饥渴表情的宽大嘴巴。她感觉血液似乎在血管里结成了冰，心脏在体内翻滚，像一只渴望逃出笼子的鸟儿。

"快来吧。"

又一名护士出现了，她们抓住她的胳膊，试

图把她从门上拖走。

"不!"她大叫一声,挣脱开来,"我自己走。"

她从来都无法忍受吉特碰她。

她走在她们中间,就像被逮捕了一样,她的腿在颤抖。不成形的人影在走廊里四处游荡,其中一位老妇人挡住了她们的去路,还小心翼翼地碰了碰她的浴袍。

"曼弗雷德,"她呜咽道,"你是来带我离开的吗?"

"让开,"吉特说,"这不是曼弗雷德。"

我跟疯子在一起,她想道。她的求生意志在体内蹿起,像一簇明亮的火焰。最要紧的是保持理智,这样她们无论如何都不会对她造成严重伤害。她在她们指定的床上躺下,让她们在自己腰间系上皮带。皮带嵌进肉里,非常紧,她要费很大劲才能翻身。她们从她床边走开了,她听到她们在笑。

"这个搞定了,"吉特说,"现在轮到下一个了。"

她看到她们在走廊尽头的拐角处消失了,几分钟后,她们又回来了,两人之间还拖着一个年纪很大、全身赤裸的女人。那个女人在尖叫。

"还不到时候，"她喊道，"还没轮到我。我不想被淹死。"

她们笑了起来，继续拖着她穿过一扇门。在房间里来回游荡的病人似乎没有注意到这件事，就好像这事稀松平常。

"你们在对她做什么？"莉塞大喊，"这里到底在发生什么？"

"我们就是这样解决老人的问题的，"吉特的声音在她耳边说道，"你没认出她吗？就是地下室公寓里那个耳聋的女人。养老院不够用，总得有人来解决社会问题。"

声音是从她枕头里传出来的，她开始检查枕头，而当她发现枕套里也有扬声器时，并没有感到惊讶。她紧紧抓住它，试图扯下枕套。她得有证据。她想把它拿给约恩森医生看，因为他不知道这里正在发生什么样的罪行。

"我们总是带走最老的那个，"那个声音愉快地说，"总有一天会轮到你的。"

一个矮胖的女人走了过来，水汪汪的眼睛里闪烁着疯狂的光芒，手指在莉塞的面孔上滑过；莉塞松开了枕头，惊恐地尖叫起来。她的尖叫声仿佛永远不会停止，那两名刽子手向她冲了过来。

"我们带她去浴室吧，"她不认识的那个说，"显然没别的办法了。"

这些话加剧了她的恐惧，不过，当她们把她的床从老女人消失的那扇门推出去时，她停止了尖叫。她闭上眼睛，听到了她们的笑声，仿佛她们极为享受。

"好了，"吉特说，"现在她终于到这里了。"

她听到门关上的声音，随后慢慢睁开了眼睛。她独自待在一间巨大的浴室里，只有墙上高处的一扇窄窗透出微弱的亮光。中间立着一个很深的老式浴缸，底部生了锈，还有狮爪造型的脚。墙上铺设了许多管道，高度不一，还有两个格栅——一个在高处，另一个靠近地板。格栅的网面上覆着一层厚厚的灰尘。因为是独处，她觉得松了口气，于是竭力去思考外面的世界。管理它的是一个组织严密的体系，还有许许多多的办公室，里面坐满了负责执行法律的人。她要让世界知道这里正在发生什么样的可怕罪行。她会写信给司法大臣，告诉他应该立即展开调查。她把拇指放在皮带和病号服之间，小心翼翼地翻了个身。这时，她听见管道里隆隆作响，就像在家里一样，一个声音说道：

"用手捂住你的嘴，你有口臭。"

她用手捂住嘴，全身上下都冒出了汗。

那是格特的声音；他一定在管道后面的某个地方。她记起地下室的那个人说过的话："他们想把她逼疯。"但为什么呢？她想。他们是怎么打算的？

"他们让她做什么，她就做什么，"又是格特在说话，"我觉得她在学习。"

"并没有，"吉特沮丧地说，"如果是这样，她在家就该学会了。我尽力了。看这里，莉塞。"

她转过头，盯着地板上的格栅。她看到吉特的面孔在格栅后面，就贴在网面上。

"如果你理解了新时代，"她温柔地说，"你就会喜欢我的。我要的只是这个。那样你就根本不会来这里。"

她用手肘撑起身子，希望在她的思绪周围划出一道明亮的界限。

"我真的很喜欢你，"她轻声说，"你只是误会我了。等我回家，我会证明的。"

面孔消失了，管道里传来一阵声音，仿佛有人在其中奔跑、击鼓。

"听听她有多温顺，"吉特得意地说，"她觉得自己还能回家。好像有人能活着离开这里似的。"

"等约恩森来了就好玩了。"格特说。

"我会把一切都告诉他，"莉塞威胁道，"他会把我带出去的。他会确保你们受到惩罚。"

"他就是把你关进这里的人，"格特讽刺地说，"你难道没意识到他是幕后主使吗？"

她吓得一言不发，记起医生在电话里的开怀笑声。她还能信任谁呢？

"纳迪娅，"她说，"我会打电话叫她过来。"

吉特恶毒地大笑起来。

"打电话?"她说,"你要怎么打?而且是谁叫你给医生打电话的?纳迪娅说他是你的朋友,我听得很清楚。"

她想起自己与纳迪娅的对话,突然觉得纳迪娅是一个庞大阴谋的一部分,她得搞清这个阴谋的目的。她闭上眼睛,眼前是一片令人幸福的黑暗。小女孩们不见了。谢天谢地,她孤独、无助地置身于邪恶的世界。但如果她能保持理智,还是有希望的。迟早会有人穿过那扇门,发现这桩罪行。一个从外面来的人,一个愿意相信她并帮她伸张正义的人。外界的人会开始打听她的下落。她已经在这里待了多久?她对时间的感知已然消融,就像人们坐在牙医的椅子上时感受到的那样。她必须趁还来得及,尽早脱身。他们不能违背健康人的意志,把他们关起来。

门开了,吉特穿着整洁的制服走了进来。她头上那顶挺括的白帽子看起来像一圈光环。她手里拿着一杯红色液体,随后把杯子放在床边的凳子上。

"把这个喝了，"她用友好的语气说道，"你需要摄入大量液体。这是果汁。"

莉塞盯着玻璃杯看，口渴的感觉从腹部滑过。液体底部有深色颗粒，她一下子就知道里面有毒。他们想谋杀她，就像对那个老女人做的那样。

"我不渴，"她讲话时几乎无法分开干燥的嘴唇，"你不会这么容易就害死我的，吉特。"

她愤怒地盯着那张沾沾自喜、自鸣得意的面孔——看起来像是用隐形针固定在了帽子上。

"我不叫吉特。我要告诉你多少次才行？"

她走出去，关上了身后的门，过了一小会儿，她气喘吁吁的嗓音在管道里响起。

"她不肯喝那该死的果汁，本来会很容易的。也许约恩森能让她喝下去。"

吉特站在她身边时，声音还没有传来，因为吉特不可能同时出现在两个地方。当她站在地板的格栅后面时，声音就从那里传出来了。所以我没疯，莉塞想。相反，她从未感到自己的大脑运转得如此清晰且符合逻辑。管道后面一定设有长走廊，可以从后面进入。一定还有窥视孔，这样他们就能看着她。此刻，他们在跟彼此谈话、欢笑，她努力不去听他们在说什么。她必须保持耐心，尽力应对好这一切。但她快要渴死了。她看着玻璃杯里有毒的污物，舔了舔嘴唇。

"看看她嘴唇上的水疱，"吉特厌恶地说，"看起来像蛆。"

她试图想起一首诗，可它们都消失了，她像孩子寻找奶嘴一样搜寻着它们。

"黑夜里有一支蜡烛在燃烧。"格特满腹恨意地讥笑道。吉特接着说："它只为你一个人燃烧。"

她的脸因羞愧和愤怒而涨得通红。那是她自己写的一首诗。

"它们太烂了，"吉特说，"烂得令人作呕。她从来没搞懂过现代主义。年轻人都在嘲笑她。"

门开了，穿着白大褂的约恩森医生走了进来。他的肩膀像个衣架，疲惫的面孔下垂到几乎盖住了脖子。他在凳子上坐下，将玻璃杯挪开了一点。他褐色的眼睛里满是同情。

"嗯，"他和善地说道，"我听说你有点焦躁不安。"

"这并不奇怪，"她义愤填膺地说，"这里在发生最可怕的事。他们杀死了最年长的病人。我亲眼看见了。"

"你弄错了，"他平静地说，"你只是产生了一点幻觉。"

"你听到了吗?"格特说，"你彻底疯了。"

她直勾勾地盯着医生的面孔，但他的表情没有变化，尽管他无法避免听到这句话。也许他是所有人里最危险的，她应该留心自己对他说的话。

"我想离开这里，"她说，"你得让我出院。"

"不行。只要你还病着，就不能出院。"

她突然明白了。他知道她想向司法大臣投诉，但如果他能让她相信自己病了，就没理由这么做了。她惊恐地意识到，她看得太多、听得太多了，他们永远不会放她走。

他轻轻拍了拍她的手，但她把手抽走了。

"在你吃安眠药之前，家里发生了什么?"他问，"你当时在害怕什么吗？也许跟你丈夫有关？"

"是的，跟我有关，"格特在管道后面狂笑着吼道，"你为什么不告诉他？你不信任他吗？"

"不，"她坚定地说，"我只是精神过度紧张，仅此而已。"

"好吧，我明白了，"他说，"我们可以等你感觉好一点再聊这个。你得喝点东西，你的黏膜都干透了。喝掉这个。"

他将玻璃杯举到她唇边，而她猛地把头后仰，紧紧闭上嘴唇。

"你很清楚这里面有毒。"她说。

"不，"他严肃地说，"里面没有。"

他放下玻璃杯，若有所思地看着她。她记起他曾多次在紧要关头帮过自己。他真的跟其他人联合起来对付她了吗？为什么？

"他需要钱。"格特说。现在他们甚至回应着她的想法。一定是心灵感应。"他花钱大手大脚，欠了一屁股债。你没带上支票簿，真是太蠢了。"

医生的表情没变。他伪装得有模有样。

"我跟你丈夫谈过了，"他说着站起身来，"他说，你状态不好已经有一段时间了。比如你不敢出门。但情况会好转的。我们会给你点东西，让你能睡着。"

他离开了，管道里的两个人兴奋地大笑起来。

一名新护士走进来，打开了灯。她们握了握手。

"你好，"她说，"我是诺登措夫特太太。你需要便盆的话，大声喊就好。"

"我不能自己去厕所吗？"她沮丧地问。

"不行。主治医生说目前得一直系好皮带。"

护士消失了，灯光让她感到些许宽慰。在晚上，一切都更好；他们总得回家睡觉。她寻找着一张能让她安心的面孔，随后记起早上瑟伦的面孔，他的嘴上沾着牛奶胡须。突然，她听到他绝望地哭喊着。"妈妈，妈妈，"他叫道，"快来救我！"

她惊慌地四处张望。在靠近天花板的格栅后面，她看到他的面孔贴在网面上。泪水顺着他的脸颊流下，他小小的手指紧紧抓着网面，仿佛在试着扯掉它。

"瑟伦，"她惊恐地喊道，"怎么了？你为什么在哭？"

"是吉特，"他呜咽道，"她正在我的背上摁灭香烟。"

吉特的面孔突然出现在瑟伦的面孔之后，俯视着她。

"别让这件事困扰你，"她说，"不要有任何感觉。你不担心遭受轰炸的越南孩子，因为你只爱自己的孩子。就是你这样的人创造了世界上所有的不幸。如果你能对瑟伦漠不关心，你就可以回家了。然后你就会被治愈。"

她失控地尖叫着，双手捂住面孔。红色的火焰在她的眼睑内侧蹿起，泪水无法将其扑灭。

8

　　外面依然在下雨。雨水从一片她再也见不到的天空落下。那是她童年的天空，晚星用一束明亮、柔和的光在上面戳了个洞，星光流泻在她卧室的窗台上，她双腿蜷缩着坐在上面，迷失在温柔的梦乡。她身后是黑暗、恐惧，以及汗水、睡眠和尘土的气味。她身后是床，上面铺着厚重、发潮、棺材盖般的被子。她身后是父亲和母亲含混不清的夜间声音，来自她不理解的性爱世界。她身后是被囚禁的夜，正在发酵，像一罐完全不透气的密封果酱。

　　管道里很安静，但吉特的面孔出现在靠近地板的格栅后面，那是她用来谈判的格栅，也是莉塞最不害怕的那个。只要吉特在那里，瑟伦就是安全的。

"在基布兹[1]，"吉特憧憬地说，"每个孩子都属于所有人。母亲爱自己的孩子并不比爱别人的孩子更多。鹿群里的鹿就是这么做的。狮子幼崽会从最近的母狮那里吸取乳汁，母狮也并不在意自己是不是幼崽的母亲。"

"人们总是高估自己没有的东西的重要性，"莉塞说，"我并不总像我母亲喜欢我那样喜欢她。"

"我也是。"汉娜稚嫩的童声从她耳边枕头里的扬声器中传来，嗓音中满是厌烦。

"要是你知道我有多羡慕我的女友们就好了，因为放学回家后，她们的母亲会跟她们聊天。而我只能读你恶心的章节；它们让我想吐。你以为它们是关于我的，其实你一直在写你自己。你在这整个世界里从来都只能看到你自己。"

"所以你实施了报复。"莉塞轻声说，一阵内疚刺穿了她的心。

---

1 基布兹（kibbutz）是以色列的一种集体社区，成员共同劳动、共同生活。

"是的，然后她实施了报复。"那是从管道中传来的吉特的声音。

诺登措夫特太太走了进来。她面露疑色地看了看没碰过的玻璃杯。

"你得喝点东西，"她严厉地说道，"你想喝什么？水、牛奶，还是茶？你不吃东西倒不太要紧，但我们不能让你躺在这里渴死。这完全不行。"

"不，"格特说，"你得喝点东西。随后你的苦难就会结束。"

他笑了，而护士的戏演得跟约恩森医生一样好。莉塞的舌头又肿又痛，只能勉强开口。

"我不渴，"她说，"但你不能把皮带松开一点吗？它就像刀子一样割进我的身体。"

诺登措夫特太太摸了摸皮带，掏出钥匙。

"好吧，"她说，"不用系得这么紧。"

莉塞抬起头来，看着她那双大小不一的灰色眼睛。

"我不能抽支烟吗？"她问。

"不能，床会着火的。"

她离开了，莉塞注意到鼻孔里有一股烧焦的气味。她坐起来，惊恐地看到被子上冒出了疯狂舞动的小小火焰。

"着火了，"她大喊，"床烧起来了！救命！"

火势迅速蔓延，快要烧到她的面孔了。她疯狂地尖叫着，拼命拉扯皮带，想从中脱身。

诺登措夫特太太又回来了。

"又怎么了？你为什么这样尖叫？"

"床，"她浑身颤抖着说，"着火了。"

"胡说。"另一个女人说，手掌轻轻地抚过床单。火焰下沉、消失了，被子上没留下任何痕迹。

"现在我要给你打针了。你会立刻入睡的。"

她跟吉特一起回来了，后者手里拿着一个装满药液的皮下注射器。

"这该是最后一针吗？"她仿佛在自言自语，"然后这事就算了结了。"

"不要啊，"莉塞恐惧地恳求道，"别现在就杀我。你叫我做什么都可以，让我活过今晚吧。"

"不行。我一想到你让我为你那些可恶的孩子烤面包，就因为你自己不想烤……"

"我不知道那对你来说是个麻烦事。"她绝望地说，但她们已经掀开了被子。她在皮带下扭来扭去，尖声喊叫，就像是为了从一场骇人的噩梦中醒来而尖叫。

"行了，别这么大惊小怪的。我们是为了你好才这么做的。"

她感到大腿上疼了一下，接着便筋疲力尽地翻身侧卧，像一条生病的狗那样呜咽着。

"不要哭了，"吉特说，"这次我们只是在逗你玩。你现在还不会死。这一切太好玩了，还不能让你死。"

她们在用力地敲鼓，而约恩森医生用一种诡异的温柔语气说道：

"现在闭上眼睛睡觉吧。然后我们就不会再打扰你了。"

她闭上眼睛，吉特站在面前，举着一块示威标语牌。她一动不动地站着，就像一张照片，牌子上用稚嫩的字体印着：禁止睡觉！她很快又睁开眼睛，与此同时，诺登措夫特太太走进来，关上了灯。

"晚安，"她说，"睡个好觉。"

黑暗浓厚得可以用刀子割开。它覆盖着她的面孔，像一只汗津津的手。她感到一种死亡般的疲惫，思绪像放开了线的气球一样升到空中。

"我一直不能理解，"格特聊了起来，"她为什么不找个情人。"

"她是同性恋，"吉特回答，"她爱上了汉娜。"

突然，她听到床边传来一阵嗡嗡声。

"现在你要听这盘磁带了，母亲，"莫恩斯说，"我把它放在汉娜的床下。吉特和我会在你睡着后播放它。"

"不，"她喊道，"莫恩斯，你是怎么进来的？你为什么要这么对我？"

她伸出手去抓他，但是够不着。嗡嗡声停了下来，格特和汉娜的笑声填满了整个世界。

"我研究过婚姻法规，"格特说，"只有她死了或者疯了，我们才能结婚。"

"这事吉特可以帮我们，"汉娜小小的声音说，"用在格蕾特身上行得通。怎么就不能骗到她呢？"

"等等！别放了，莫恩斯。我不想再听了。"

她用双手捂住耳朵，绝望地对着枕头啜泣。

"救命！"她喊道，"把他带走。开灯。我受不了了！"

诺登措夫特太太走进来，打开了灯。莫恩斯和他的录音机消失得无影无踪。

"怎么了？"她耐心地问道，"注射液起作用的时候，你得试着入睡。"

她弯下腰，用手帕擦去莉塞的眼泪。她的面孔是用破了好几处的薄纸做的。下面的肉是一个化脓的伤口。较小的那只眼睛僵硬呆滞，像一只玻璃眼。

"别关灯，"莉塞恳求道，"我怕黑。"

"开着灯你睡不着。而且这也违反规定，"她皱着眉，若有所思地咬了咬嘴唇，问道，"你是不是能听到说话声？"

"当然了，"莉塞说，"你也能听到。"

"不，"她坚定地摇着头说，"你听到的所有声音都来自你的内心。"

莉塞突然意识到，全体职工一定都参与了这个阴谋。

"如果我相信这个，"她说，"我会疯掉的。"

"你状态不好，你知道的。"

"闭上你的嘴，"吉特说，"她正在看你丑陋的牙齿。"

"假牙是冷的。"格特嫌恶地说。

诺登措夫特太太关上灯，离开了。黑暗热得像蒸汽浴，管道里的说话声变得遥远而不分明。她闭上眼睛，吉特举着牌子的身形变得模糊不清。在她的梦里，约恩森医生的面孔像电视上的特写镜头一样出现在她面前。那张面孔温柔而善良，褐色的眼睛湿漉漉的，仿佛含着泪水。

"现实，"他低声说，"只存在于你的脑海中。如果你能理解这一点，这一切对你来说会好得多。它没有客观性的存在。"

"那我自己存在于哪里？"她问道。

"在他人的意识中。"他耐心地说，仿佛在对一个固执但有天分的学生说话。

"我不想要那样，"她害怕地说，"我只想做我自己。"

"是的，可你难道不知道，每个人都存在于许多版本里，就像书一样？在放秘密文件的办公室里，有人负责制造他们的副本。"

"噢，"她震惊地说，"很多事情都说得通了。那你还是我的朋友吗？"

"是的，我当然是你的朋友。"他说着，突然用吉特的嘴笑了起来。她看到他手里拿着一个皮下注射器。

"这是给你的快乐药，"他把针头扎进她的腿里，说，"它会教你去爱你的邻居。"

她尖叫着睁开了眼睛。清晨的光线洒满这个狰狞的房间，它有种灰暗、绝望的色泽，就像上学时，你在没完成作业的日子里看到的光景。空气中弥漫着汗味，她注意到床是湿的，病号服紧紧黏在身上。她的口渴如此强烈，似乎连听觉也被削弱了。管道里传来一阵听不分明的咕哝声，两个格栅后都没有面孔。

门开了，一个身穿白色夹克、扣着黄铜纽扣的男人走了进来。他端着一个脸盆，用手肘按下了门把手。他转过来时，她看到那是格特，但这并没有令她感到很吃惊。她已经习惯了自己那充满恐怖的世界，如同习惯一种身体上的疼痛。也许同一个人的确有好几个版本，而这只是一个副本。

"格特，"她说，"你为什么恨我？你忘了我们曾经有多幸福吗？"

"我的名字不是格特，"他固执地说，"我叫彼得森，是这里的护士。该给你洗脸了。"

他把脸盆放在凳子上，她看到水浓稠而浑浊。

他将一条毛巾浸到盆里，解开她病号服的领口。接着，他用毛巾在她脸上擦了擦，她感到皮肤像敷了一层蛋清面膜一样变得紧绷、僵硬。她用手指在自己的面孔上摸来摸去。

"如果你试图弄掉它，"吉特的声音从扬声器中传来，"皮肤也会跟着脱落。"

"停下，格特，"她充满恐惧地说，"不然我就向警察告发你。"

"你不会向一帮杀害儿童的凶手求助的。"吉特嘲笑道。

格特没有回答，毫不在意地端着脸盆走了出去。他还没来得及关上门，一个穿着病号服的女人就走了进来。她手里拿着正在织的东西，面孔上的表情凌乱而欢乐，仿佛一个为他人而活的人，从未关心过自己戴的是什么样的面孔。这张面孔挺好，下一张也不错。她在床上坐了下来，与此同时，房间里充满寂静。所有的说话声都停了下来，管道里也没有丝毫流水声。女人用善良、友好的目光看着她。

"我是来帮你的，"她说，"我比你早进来，我知道这一切是怎么回事。首先，你得喝点东西。我去水龙头给你接点水，不含毒药的水。"

她把编织的东西放在床上，走了出去，莉塞感到难以言表的宽慰。莉塞想，终于有个跟自己一样，完全健康、正常的人来找她了。

9

她贪婪地喝着水，童年似乎正透过女人那双呆滞、平静的眼睛凝视着她。母亲出现在她眼前，那时，母亲会在晚上坐在灯下为她唱歌，父亲则在沙发上睡觉。客厅是世界这片荒海里一座光明与安全的岛。现在，这段记忆在她的脑海中滑过，就像一股一直存在的温暖，只等着有人来唤起它。那个女人轻轻拍了拍她的脸颊。

"如果有人问你，是不是听到了说话声，"她的嗓音宽厚而低沉，"就说没有。这很重要。"

"那也没有用，"莉塞吃惊地说，"每个人都能听到。"

"噢，不。"她正愉快地织着东西。房间里一片寂静，只有织针碰撞的咔嗒声。"你只能听到自己的那些说话声。"

她说得理所当然，就像在解释每个人都有自己的牙刷一样。

"那约恩森医生也听不到吗？"她充满希望地问道。

"当然听不到。告诉他，你只能听到他说话的声音，其他的都听不到。"

"为什么？"

"否则你永远回不了家。如果你谈起那些说话声，他们会觉得你疯了。"

"那正是他们想让我相信的。"

"这很明显。毕竟这是一所精神病院，没有病人它就无法存在。"

"我怎样才能离开这里？"

"你得写信给调查官。我就这么做了，随时都可能收到回复。最重要的是，你应该讨好这些声音。把你待在这里的时间都用来跟它们对抗，太愚蠢了。"

格特端着一只托盘走了进来，上面放着一杯

咖啡和一盘三明治。

"你在这儿？"他皱着眉头说，"你不该打扰蒙杜斯太太，她需要休息。"

女人平静地收起手中编织的东西，离开了房间，仿佛在走出一幅以她为中心人物的画作。

"你该吃早饭了。"格特用一种借来的嗓音说，那一定属于他正在扮演的护士。

"是的。"她顺从地说道，看了看摆在眼前的单面三明治，表面泛着淡淡的绿色，散发出刺鼻的氨水味。不知道没有食物你能撑多久？她的饥饿感不如之前的口渴那么强烈。也许那个女人会给她带一些没受污染的食物。她把她看作自己唯一的朋友，是这个地狱中可以依靠的人，是不会背叛她的人。

格特又消失了，在同一时刻，吉特出现在谈判格栅后面。

"你从来都不懂年轻人，"她说，"这样的作家无法在新时代存活下去。你还记得自己曾经接受过两个高中男生的校报采访吗？他们问你为什么从不参与当下的辩论。你还记得自己是怎么回答的吗？你引用了海明威。重复一遍你说过的话。"

她一边努力回想自己说过的话，一边看着吉特紧紧抓着格栅的双手。她突然想到，世界上手的数量竟然是面孔的两倍，这让她深感不安。接着，她想起了那句话，坚决、清晰、勇敢。

"让那些想拯救世界的人去行动吧，"她慢慢地说，"只要让我平静地活着，能清晰、明确、完整地理解世界就好。"

"没错，"吉特满意地说，"你就是这么说的。你的命运就此注定。海明威举枪自尽了。他太老了，就像你一样。他属于死后的世界。可惜这里没有镜子。你现在应该看看自己的面孔。它看着就像一具尸体的面孔。"

怒火让莉塞彻底放弃了保持警惕。

"我恨你，"她喊道，"我早该把你赶出去的。"

"这真是蠢话，"吉特温和地说，"你该明白，我只是想要救你。但你一点也不配合。"

她的面孔消失了。过了一会儿，莉塞突然听

到瑟伦从酷刑格栅后发出嘶哑的尖叫声。她满怀恐惧地抬头看。他的面孔皱缩而苍老，就像在关于欠发达国家的电视节目中看到的印度儿童一样。他惊恐的目光与她的相遇，充满绝望，仿佛他并不指望从她这里得到帮助。

"瑟伦，"她喊道，"快跑去病房找你父亲。他在那里，他会确保你回家的。"

她使劲拉扯皮带，想把它往下拉到臀部，但这根本不可能。

"吉特，"她尖叫道，"你在对他做什么？"

"我在拔他的指甲，"吉特兴高采烈地说，"既然你不愿意承受你分内的世间苦难，他就得承受。"

"可我会的，"她绝望地喊道，"我会同意你所有的条件，只要你放过他。"

"要冷漠，"吉特严厉地训诫道，"世界上有几十亿儿童，其中三分之二正在受苦。只有对自己的孩子漠不关心，你才会开始对其他那些孩子产生情感。"

"是的，"她说，同时感到自己的头脑突然被掏空了，"我明白你的意思。"

瑟伦的啜泣声渐渐变小；她的绝望以一种怪异的方式减弱，仿佛知觉中心暂时被麻痹了。

"我开始明白你的意思了。"她重复道，突然回想起来，当她对格特的爱被一种清晰、愉悦的漠然取代时，那是一种怎样的解脱。她嘴里有种甜蜜的、令人作呕的味道，而一种古老的忧愁发出的回响拂过她的心。她发现，自己对瑟伦作为婴儿的记忆已经消失了。她眼前浮现出一张婴儿的面孔，但那或许只是她在街上的婴儿车里看到的一个陌生孩子。是否存在某种她不与人共享的爱？她想起弗勒丁[1]的诗：

> 我用钱为自己买来爱。
>
> 我能拥有的别无他物。
>
> 美妙地歌唱吧，震颤的琴弦，
>
> 依然美妙地歌唱爱。

1　古斯塔夫·弗勒丁（Gustaf Fröding，1860—1911），瑞典诗人、作家。

她的眼里噙满泪水。所有说话的声音都消失了，就像那个女人坐在她旁边编织时一样。一阵舒适的疲乏感袭来，它的甜蜜毒药滑过她的身体。房间里的光线变得柔和而浑浊，就像忘记清洗的鱼缸里的水。她觉得自己似乎在这里待了好多年，现在已是一位老迈的妇人。接着，她记起他们总是会杀害最老的病人，恐惧去而复返，就像一位忠实的朋友，不在意你是否回应他的感情。她的生死取决于能否逃离这里。就像那个女人说的，讨好这些人是很重要的。但她之前并没有讨好吉特。有那么一瞬间，她对眼前发生的事情切实地感到一种虚假、怪异的理解，因而背叛了瑟伦。瑟伦童年的回忆痛苦地回到了她的脑海中，她知道自己疯了一会儿；在那一刻，他的啜泣声在她耳边变得遥远，就像街上行驶的电车发出的噪声。它们尖啸而过，哐当哐当地穿过她的头脑，车厢里的人面孔空洞，就像不再有人居住的房子。他们是出卖时间换取金钱的穷人。他们每小时赚取一定的数额，而买下这些时间的人会将其加进自己的时间，就像有钱人在传闻将会爆发世界大战时囤积粮食一样。晚上，电车上的人参加政府批准的娱乐活动，倘若这些活动没能给他们带来快乐，他们便会感到内疚。他们的死亡卑微而遥远，而他们匆忙地钻进其中，仿佛那是一件随手拿来的衣服，运气好的话也许会合身。她不得不承受他们的命运，就像承受一个早已放弃、稍作努力就能重新拾起的习惯。因为她再也没有家，没有钱，没有具备影响力的朋友了。她只剩下自己的理智，而他们正竭尽全力要偷走它。她记起自己的梦，再次听到约恩森医生的声音："现实只存在于你的脑海中。"

他像一个安静而纤细的念头一样，走进房间，坐在她的床上。他的褐色眼睛流露出一种狡猾、不可信的神情，她以前从未注意过。她母亲总说，褐色眼睛的人靠不住。这是她一直未能摆脱的虚假真理之一。

"等你冷静下来，"他说，"我们会把你转移到病房去。我们让你待在这里，只是为了不让你打扰其他病人。"

她没有回答，只是看着他的手。那双手放在膝盖上，就像他暂时放下的两件死物。

"你正在产生幻觉，"他说，"你知道这意味着什么吗？"

"知道，"她警惕地说，"意味着你会看到和听到不存在的东西。但我没有。我听不到任何说话声，除了你的。"

"那不是实话，"吉特在管道里说，"他知道那是谎话。他不敢放你出去，因为那样你就会向警察告发他。他已经得到了五万克朗，条件是要么让你在这里度过余生，要么把你除掉。"

那个女人曾说过，他听不到说话声。她努力装出自己也听不到的样子。突然，他的面孔变得很大，她看见一簇簇黑毛从他的鼻孔里长出来。

"你真丑。"她脱口而出。

"没错，"他轻声说，"这可能是真的。"

"莫恩斯昨晚带着录音机来过，"她说，因为不确定他是否知道这件事，"放了一盘在汉娜床底下录的磁带。"

"你弄错了，"他急切地说，"这是一间上锁的病房，探视时间结束后，外人不能进来。你病了，蒙杜斯太太，我是来帮你的。"

"这件事你可骗不了我。"

她直视着他的眼睛，里面满是各种颜色的斑点，就像她父亲的眼睛一样，被炉火毁了——他向那口炉子里铲了一辈子的煤。

"我一向鄙视那些不愿面对真相的病人。"

话说出了口，他却没有移动嘴唇。他的喉结也没动，这一定是他练习了很久的技巧。吉特也学会了这个把戏；在家的最后一天，她注意到了这点。

"只有你告诉我那些声音跟你说了什么，"他恼怒地说，"我才能帮你。你得配合一点。"

这是吉特用过的词。

"告诉他我们在说什么，"吉特的讥笑声从枕头里的扬声器中传来，"不过你得转过去对着墙。你的口臭在污染他的空气。"

她惊恐地扭过头去，接着突然哭了起来。

"让我自己待着，"她哽咽道，"我从来就只想要独处。我不在乎这个世界。我只想写作和阅读；我只想做自己。如果你让我走，我什么都不会说。我会租个房间。我可以再去办公室工作。瑟伦放学后，我会送他去日托中心。我只希望你们所有人都忘记我。尽管海明威自杀了，但他说得没错。"

"你康复之后就可以回家了。你的丈夫和孩子都很想你。格蕾特的自杀让格特受了很大刺激，他唯一想要的就是回到你身边。你有这么多活下去的理由，但只有告诉我昨晚莫恩斯给你放的磁带里有什么内容，我才能帮你。"

"可你知道里面录了什么，"她说，"为什么要跟你讲你已经知道的事情呢？汉娜和格特——"

她不再说话，因为一个色彩绚丽的万花筒正在她右眼前打转。它转得越来越快，医生的面孔也随之转动，就好像他失去了对它的控制。

"波尔森小姐。"他喊道。这嗓音的回声穿透了她所有的年纪，一路抵达童年。"快，拿把勺子来，她在痉挛。"

一种感官的狂喜淹没了她，摧毁了一切。她的身体呈拱形向上绷紧，随后她失去了意识。

10

时间扬起可怕的翅膀，飞向一个不属于她的现实。所有重负都从她身上卸下，她抬头凝视着一片镶满回忆的蓝天。她的手藏在格特的手里，他紧贴着她脖子的双唇散发出一股浓郁而甜美的气味，属于逝去的童年和历经的恐惧。阳光照耀在她仰起的脸上，仿佛来自她的内心，脱离了四季的流转。

"我爱你。"她说，转过头看着他那张秀丽的面孔和脆弱、忧郁的嘴。

"爱，"他说，"会让你变得自私。你不再关心世界上的其他人。"

"我为她们感到难过，"她将手指穿过他顺滑的金发，说道，"我为所有不认识你的女人感到难过。"

突然，他的目光离开了她的面孔，她顺着他的视线望去。她看见了汉娜——屈膝坐在草地上，蜜色的头发几乎遮住了她那张成熟而神秘的面孔。她身上有种孤独感，就像一个违反了游戏规则，被朋友们驱逐出唱歌、跳舞活动的孩子。格特没有将目光从那个一动不动的身影上移开，他用一种遥远而悲伤的嗓音说道：

> 噢，这些可敬的布尔乔亚青年，
> 他们必须约束自己的心。
> 强壮的木樨草优雅地长在
> 父亲的小花园里。

"索弗斯·克劳森[1]。"她笑着说，同时，一股仿佛来自童年卧室的寒意穿过她的身体，令她不由自主地伸手去够被子，想把被子裹得更紧一些。格特的面孔变得更大了，下唇耷拉下来，露出一排不

1　索弗斯·克劳森（Sophus Claussen，1865—1931），丹麦作家、诗人，以新浪漫主义诗作闻名。

属于他的暗灰色牙齿。她害怕了，想松开他的手，他却抓得更紧了，一束灰蒙蒙的光线刺痛了她的眼球，像一只抓挠不止的昆虫。

"你刚才痉挛了，"他说，"把这两片药吃了。"

他松开她的手，她看到有一瓶药立在凳子上。她看到深深的浴缸，听到有节奏的滴水声从水龙头传来，那水龙头看起来就像一张扭曲的嘴。她的思绪笨拙地摸索着支点，就像一潭死水里散落的藻类。

"格特，"她柔声说，"我们曾经那么幸福。"

"我叫彼得森，"他耐心地说，"请吃下这些药片，否则痉挛会再次发作。你体内缺乏巴比妥酸。"

"那我就干吞，"她郑重地说，"我不喝水也能吃下去。"

她认出了那些药片；就是吉特之前给过她的那种。

她在床上坐起来，毫不费力地吞下了那些白色小药片。他们解开了皮带，但它依然系在床上。

"这就对了，"格特满意地说，"你开始表现得相当理智了。"他的面孔突然变得模糊，就像拍照时忘记过片，在同一张底片上曝光了两次。

"你有两张面孔，"她吃惊地说道，"不允许这样。一次只能戴一张面孔。"

他轻轻拍了拍她的手，没有回答。接着，他穿过一扇紧闭的门，走了出去，如同在梦里移动。她闭上眼睛，眼睑内侧有一轮落日的画面，平庸老套，像一幅糟糕的画作。

"即便在那时，"吉特通过枕头里的扬声器说，"他也意识到了两个人之间的爱是自私的。他一直想从中解脱出来。现在，我们在家里彼此相爱，就像在大专时那样。我们有足够的钱买快乐药，足以让全世界都开心。等你出来了，你会成为我们的管家，住在女佣房里。然后你也会吃点快乐药，格特会再次和你上床，就像他和我们其他人一样。性冲动必须得到满足，就像饥饿一样。它们是一个层面的。"

"那浪漫呢？"她沮丧地问。

"那是吟游诗人发明的。如今完全过时了。"

门开了，织毛衣的女人回来了。她那张松散的圆形面孔被马马虎虎、心不在焉地叠起来，就像一条被随手扔进衣柜底部的裙子，因为衣柜的主人总是有很多衣服。

"我看到主任来过这里了，"她说，"你得提防他。他决定我们什么时候可以回家。你没告诉他什么吧？"

"没有，没什么特别的。我只跟他说了录音机的事，因为我觉得他并不了解正在发生的一切。"

"太蠢了。你永远不该跟他们提起录音机、扬声器、热水管、暖气片，或者任何类似的东西。你只需要说你知道自己在哪里，今年是哪一年，在位的是哪位国王。"

她继续愉快地织着毛衣，而莉塞心里几乎溢满了感激。

"你在这儿的时候，"她说，"所有说话的声音都停止了。这难道不奇怪吗？"

"不奇怪，"女人答道，似乎什么都不会让她意外，"我那些说话声现在只待在电视房里，而我再也不去那里了。"

她听着像是在说，自己终于把一群不听话的孩子关起来了，这样他们便再也不会打扰任何人。

"你叫什么名字？"莉塞问。

"克里斯滕森太太，我来这儿之前是一名社工。我习惯给别人建议。"

"我叫莉塞·蒙杜斯。"她说。她害怕对方会认出自己，但那种眼神没有闪现在女人的眼睛里。

"这些说话声是从哪里来的？"莉塞问道，"一定有个合乎常理的解释。"

"噢，是的。"克里斯滕森太太笑得非常开心，以至于漏了一针。"大概对于电话、收音机和电视也有某种解释，但普通人理解不了，就算有技术人员努力跟他们解释也不行。一件事物并不比其他的更奇怪。"

"那些声音对你说了什么？"莉塞问。她觉得自己的反应就像一个不得体的老亲戚，在行事冒失方面绝不令人失望。

克里斯滕森太太给了她一个受伤的眼神。

"这话可不能问，"她责备道，"你应该知道的。要我给你拿点水吗？"

"要，劳驾了，"莉塞内疚地说，"可我怎么才能弄到吃的？我不敢吃他们给我的东西。"

"我丈夫每天都给我带吃的。有机会我就给你一些。"

解完渴后，莉塞懊悔地说："别为我刚才问你的问题生气。你是我唯一可以信任的人，如果你离开我，我不知道该怎么办。"

"我不会生气的。不过你要是加入我们，情况会变得容易些。我们过得很开心，只要提防那些护士就好。要是听到了我们说的话，他们就会写进报告里。"

"如果你收到调查官的信，"莉塞说，"你确定他们会把信交给你吗？"

"噢，"女人笑了，"信会寄到我家里。如果寄到这儿，他们绝不会给我。如果你没结婚，就写你父母的地址。"

波尔森小姐走了进来，她脸上的笑容像一轮

乐观的新月，挂在两只突出的耳朵之间，就像小孩子的画。

"有访客来见你，"她说，"你该走了吧，克里斯滕森太太。"

"访客？"

这个词平平无奇，却激起了一阵悠长的回响，在这些年的记忆里回荡。谁会来这里探望她呢？难道地狱里也有探视时间？

护士和克里斯滕森太太刚出门，她母亲就走了进来。她戴着一顶愚蠢的新式帽子，和她的年龄不甚相符。她固执地将青春戴在身上；从佯装的青春背后，她的年纪在假牙之间大笑，就像古老童话里的山怪。

"莉塞，"她带着哭腔喊道，"你怎么能这样对我们？"

她在凳子上重重地坐下，喘着粗气。

"你越来越像她了，"吉特在管道里讥笑道，"你跟她一样害怕变老。你对自己孩子的了解和她一样少得可怜。"

"我没有对你们做什么，"她说，"我只是觉得非常不快乐。"

"呃，岂有此理，"她母亲愤愤不平地说，"你明明什么都有！而且你很有名。就在昨天，乳制品店的女人给我看了报纸上一篇关于你的文章。他们问你是不是觉得出名不会带来责任，你记得你说了什么吗？"

"不记得。"莉塞说，心中隐隐有些不安。

"说你的名声不是在全国大选里赢来的。真聪明；正好给了他们想要的。"

"就是这个回答把你带到这儿来的。"吉特说。

"我的上帝啊，"她母亲厌恶地环顾四周，说，"你到底为什么要躺在一间浴室里？如果你现在想去，都去得起斯科斯堡[1]的疗养院了。"

"母亲。"莉塞说，试图在内心深处唤起童年那坚实、稳固的立足点。"你得帮我。我是被迫待在这里的，他们试图让我以为自己疯了。他们要谋

1　斯科斯堡（Skodsborg）是一座丹麦小镇，位于哥本哈根以北约 20 公里处，是旅游和疗养胜地。

杀我，他们都是一伙的。"

"你疯了吗？谁会试图在这里谋杀你？"

"他们给我的所有东西都有毒。"她疲惫地说，不抱任何被理解的希望。

那顶愚蠢的帽子向前歪斜，几乎要盖住她母亲的眼睛了；她恼怒地把帽子往后推了推，遇到不适合她的东西时，她总是这么做。"你真的有点病了，"她说，"但这只是对你所有势利做派的合理惩罚。你总是觉得自己比你父亲和我更好、更聪明，因为你父亲只是个司炉工，你总是羞于邀请你那些高贵的朋友到家里来。"

"不，"她大喊道，泪水夺眶而出，"不是这样的，母亲。我一直爱你们。"

"你在说什么？"她母亲焦急地说，接着迅速从自私中挣脱出来，就像一颗破壳而出的坚果。她站起身来，双手捧着莉塞的头，化了妆的面孔凑到莉塞面前。

"别哭了，"她说，"瞧，我给你带了些苹果。你想孩子们吗？我昨天过去了，跟他们还有吉特一起喝了咖啡。她就像他们的母亲，真的是这样。"

莉塞将面孔转向墙壁，继续哭泣。

"你听到了吗?"吉特在枕头里说，"我什么都告诉她了。她完全站在我们这边。"

"闭嘴。"莉塞喊道，开始拼命翻动枕头，寻找那个坚硬的小物件。她母亲注视着她，眼中带着恐惧。

"我什么都没说，"她困惑地说，"你在对那个枕头做什么?"

她放开了枕头，从童年深处望着母亲——童年突然从她的记忆中升起，穿越了成千上万个无关紧要的成年日子。棱角分明的面孔变得年轻而圆润，她感到平静，就好像一个乙醚面罩放在了她的口鼻上方。

"母亲，"她轻声说道，"给我唱一首老歌吧，我小时候你经常唱的那些。"

"好吧，"她说，"我看看能不能记起一首来。"

接着，她唱起来，嗓音甜美，带有金属的质感，听起来就像圣灵教堂的报时钟声那样清脆:

很久以前萨克森住着

一个如此年轻、如此美丽的姑娘。

她是吉卜赛人。跟随她的乐队骑马

在萨克森的土地上四处闯荡。

　　歌词有很多节，在母亲唱歌时，所有的说话声都静了下来，就像克里斯滕森太太坐在她旁边时那样。她闭上眼睛，眼睑内侧是儿时家中墙上的水手妻子的画像。她一只手抵着额头，凝视大海，寻找她的丈夫。莉塞幸福地盯着她，仿佛与一位童年挚友重逢似的。母亲的声音越来越微弱，一只温和的大手停在她眼睑上方，抹去了水手妻子的身影，仿佛从一块磁性画板上擦去图案。

11

慢慢地，种种恐惧在常规生活的小钉子之间
伸展开来，有时甚至可以将它们视为身外之物。接
着，一种微弱、尚可容忍的解脱感便会出现；她不
得不把它藏起来，好像那是一件偷来的东西，不敢
保管太久。在她看来，自己似乎已经在这里待了很
久，而且永远都出不去了。他们再次把她牢牢捆在
床上，因为有一次，高处格栅里的酷刑特别凶残
时，她尖叫着跑进了病房。她能理解，这一定吓到
了其他病人，毕竟她们不知道背后的原因。皮带也
不会让她心烦了，除了床起火的时候。这时，她便
会尖叫，接着会有人进来灭火，就在火要烧到她的
面孔之前。要是她有一面镜子就好了。她嘴唇上的
痂已经掉了，她的皮肤摸起来如皮革般光滑，就像

莫恩斯的足球鞋。晚上，吉特和诺登措夫特太太会把她的病号服拉过头顶，用黏糊糊的腐蚀性液体擦洗她的全身，想要洗去这些液体，非得把皮肤也扯掉不可。她厌恶地低头看了看自己。那是一具废弃的身体，有着松弛凹陷的肚子、干瘪的乳房和坚硬的深色乳头。一具不再有人渴望的身体。格特在管道里观察着，用极其下流的词语描述这具身体的构造——在她想象力的国度里，没有什么能与如此纯粹且不加掩饰的恶意相匹敌。吉特拿着皮下注射器进来时，她总是奋力搏斗，以保全性命。而吉特在斟酌是否给她注射致死剂量时，总会提到自制的法式面包，正如《大卫·科波菲尔》中的疯子迪克先生总是把查理一世的头颅与他的无理要求混为一谈一样。现在，一切都有条不紊、按部就班，她害怕任何变化，以至于每当他们承诺，只要她不再那么焦躁不安就可以立刻回到病房时，她便觉得整个世界都在战栗、崩塌。她想起上锁的门后的驴头女人，意识到自己一直在幻视。当她记起被他们淹死的老妇人时，怀疑也攫住了她。他们只是为了吓唬她才这么做的。病房护士把自己的面孔画得很像克里斯托弗森太太也是一样，那是吉特之前的一任管家。她这么做是为了让莉塞困惑，并且消除她的抵抗，但莉塞用自己健康、清晰的判断力一眼看穿了这种幼稚的把戏。

"去洗洗脸吧，"她冷冷地说，"它原本的样子就够好了。"

"你在学着分辨，"吉特在谈判格栅后面赞许地说，"你在学着用正确的方式使用你的头脑。"

这番赞扬让她像个孩子一样感到自豪，但她不能抓着这种感觉不放，任何其他感觉也不行。最安全的事情是没有任何感觉。对她而言，所有的记忆都变得遥远而模糊，重要的事情已经从其中消失，取而代之的是完全不相关之事的清晰碎片。皮带嵌进她的腰，把皮肤摩擦得生疼，身体上的疼痛减轻了她内心的恐惧。时间不动，你也无法放它出去，因为窗户并不是一扇真正的窗户。它是画在墙上的，而墙是用潮湿、肮脏的黄色硬纸板搭成的——你甚至无法想象墙的外侧是什么样子。有白天也有黑夜，她不知道自己什么时候在睡觉，什么时候醒着。她从不想"昨天"或"今晚"，而总是想"曾经"，正如她会想起童年时跟父母去过森诺马肯公园，却不知道这份简单的记忆是从一个还是一百个星期天中生长出来的。

吉特曾说："你确定我存在吗？想一想吧。我收到过信、接到过电话吗？我出去过吗？"

"我有证据证明你存在，"她答道，"否则我怎么会跟纳迪娅谈起你？"

"问问她，"吉特说，"如果她从未见过我，你就会相信你疯了吗？"

"会，"她说，"那我就会相信。"

她收到一封纳迪娅的信，信里写到她正在芬兰参加一个为期两周的心理学家大会。她回家后会来探望莉塞。但莉塞不喜欢有人来访。她母亲回家时留下了她的说话声，而在管道里，它失去了金属般的甜美，变得单调、沉闷、疲惫不堪，就像她跟售货员讨价还价时一样。她母亲的词汇量少得可笑，她也不够聪明，没法真正伤害莉塞。在莉塞变得虚弱之后，对老歌的脆弱记忆变得枯燥无味，如同别人谈论他们的梦那样无关紧要。相反，她记得一条红裙上有一道裂口——她母亲把裙子摊在手掌上。"你这样下去，"她母亲说，"我们会沦落到济贫院里的。"那个前景压根没吓到她。只要能让她把诗歌簿带在身边，她可以待在任何地方。她在世上唯一想做的就是在本子里写诗，任何阻止她这么做的事物都会引发她的敌意。

她几乎总是侧躺着，双腿蜷缩，双手合十放在脸颊下。保持完全不动时，安抚那些说话声要容易些——这整段时间里，她都感觉自己像是一只被放在放大镜下观察的甲虫。克里斯滕森太太给她端来一些自己的食物，然后满意地看着她抓着包装蜡纸把食物吃掉。那些说话声从未提起过她，莉塞的推论是，他们对她的存在一无所知。医院的职工也不管她们了，不再一发现克里斯滕森太太就赶她走。莉塞可以毫无顾忌地告诉她一切，她则能实际而理智地回答所有问题。

"如果从这里出去了，"莉塞说，"我应该去哪儿？我已经没有家了，他们还瓜分了我的钱。"

"我会告诉你该怎么办，"克里斯滕森太太说，"你可以带着你的小儿子去狩猎路[1]上的妇女之家。在那里，你可以联系上家政服务组织；我会给你主管的名字和地址。你会被安排到一个不错的家庭里，可以在主妇的指导下学习打扫和做饭，也会有一些零用钱。一切都会顺利解决的。如果觉得孤独，你可以来看我。我的孩子都结婚了，我整天都是一个人。我在投信口上贴了胶带，这样我的邻居就没法偷看了。"

"谢谢，"莉塞对这个解决方案十分满意，"不过，如果你收到调查官的回信，就会比我先回家。到时候谁会给我吃的、喝的呢？"

"我会来看你，"她承诺道，"因为我必须尽快回家。主任想往我脑袋里移植一颗新大脑。"

"一颗新大脑？"莉塞惊讶地问道。

"没错。"克里斯滕森太太停下手中编织的动作，抬起头，露出耐心的表情。"他们移植心脏，

1　狩猎路（Jagtvej）是哥本哈根的一条主干道。

不是吗？"

　　她说的每句话都像二加二等于四那样令人信服、实事求是。一切都变得简单明了，就像精细刺绣中的丝线一样平滑。莉塞觉得自己仿佛与她相识已久，永远不会失去她。但渐渐地，一种渴望开始啃噬她，就像老鼠在啃食表皮剥落的踢脚板一样。她又饥又渴，有一次，诺登措夫特太太把她没碰过的食物端出去时，她说：

　　"能请克里斯滕森太太过来吗？我好久没见到她了。"

　　"这没什么奇怪的，"护士淡淡地说，"她转去圣汉斯精神病院了。"

　　"圣汉斯？"她惊恐地重复道，"可是她根本没病啊。"

　　"我觉得这不是你能判断的，"诺登措夫特太太带着友善的微笑说，"但愿她在那里会好起来。"

　　彻底孤独和无助的感觉回到了她心中，像一阵剧烈的战栗，使得她浑身冒汗。一个她从未见过的年轻女孩走了进来，把手放在莉塞的额头上。

"蒙杜斯太太，你感觉不舒服吗？"她温柔地问，"你想喝点什么吗？"

莉塞抬起头，看见一张不知为何令她充满信任的面孔。年轻女孩的五官似乎沉浸在对旧日悲伤的回忆中，她的瞳孔异常的大——就像汉娜患虹膜炎，每天早晨都要往眼睛里滴阿托品的时候。这让那双眼睛流露出饱含忧虑的神情。

"想，"她说，"但请给我一些没有毒的东西。从水龙头接水，别让任何人碰它。"

"好的，"女孩说，"我可以先喝一点，这样你就知道这水是纯净的了。"

随后，她给莉塞拿来水和食物，而且总是自己先吃一点再喂给她，就像喂小婴儿一样。莉塞总是警告她要小心，因为知道她在冒多大的风险。这跟在集中营当囚犯是一样的——担心那个偷偷减轻她痛苦的守卫会丢掉性命、陷入危险。她叫阿内森小姐，是一名实习生。如果他们发现她在帮莉塞，她肯定会丢掉工作。

"能借我一支烟吗？"莉塞有一天问道，为自己的贫困感到尴尬。

"当然可以，"阿内森小姐说，"不过你抽烟的时候，我得坐在你身边。"

她帮莉塞点了烟，莉塞高兴地抽到晕眩。年轻女孩跟她在一起时，说话声便不再纠缠她，就跟克里斯滕森太太在的时候一样。她觉得有必要提醒一下自己的新朋友。

"那个自称波尔森小姐的护士真名叫吉特，"她说，"她是我的管家。"

"我觉得她只是碰巧长得像她，"阿内森小姐把烟灰缸递到她面前，说，"他们说每个人都有一个翻版。"

"这倒没错，"莉塞若有所思地说，"也有些人有两张面孔。格特就是这样，而其中一张实际上属于那个叫彼得森的男护士。"

"他人真好，"女孩转移了话题，"你可以告诉他任何事情。格特是谁？"

"他是我丈夫，"她答道，同时感到这个词听起来很蠢，"我曾经跟他相爱，但现在他只爱青春。

他说过，三十五到四十五岁之间的人都该被冷冻起来，等他们变得很老之后，让大自然来做了结。"

"他什么时候说的这话？"

"就在你进来之前，"她说，"不过只要你在这里，他就不吭声。"

"你一定是弄错了，"女孩平静地说，"彼得森先生已经回家了，你丈夫大概正在工作，对吧？"

"是的，没错。"莉塞想起自己绝不该谈到说话声。

阿内森小姐轻轻将湿漉漉的头发从莉塞脸上拨开。

"只要你不再经常大哭大闹，"她说，"你就可以进病房了。那里会好得多。"

她一走，吉特就出现在了谈判格栅后面。

"你还记得吗，"她冷冷地说，"有一次，纳迪娅叫你每月寄一百克朗给西班牙罢工的矿工？"

"我照做了，"她害怕地说，"我寄了至少一年。"

"是的，但这让你很烦。你只是为了让纳迪娅觉得你是个好人才这么做的。你对你在帮助的人丝毫不感兴趣。你想象不出他们的样子，因为你缺乏想象力。你只会从 D. H. 劳伦斯的小说里了解矿工。而且，你还计划搬去西班牙避税呢。"

"那是格特的计划，"她为自己辩解，"他想看看古老的欧洲。"

"西班牙是世界脸上的一个疮疤，"格特说道，"我变了。我学会了用年轻人的眼光看待事物。当我踏上快乐药之旅时，我对地球上的所有生灵都充满了爱。所有生灵，除了你。你用一门只有五百万人使用的语言写作。对你来说，用那门语言创作句子极为重要，其余的一切都排在你荒谬的偏执之后。难道你没注意到，人们逃离你的生活，就像从着火的房子里逃跑一样吗？"

"那你为什么不跟着一起逃呢？"她挑衅地问，"你和我之间到底有什么羁绊？"

"汉娜，"他残忍地说，"我爱她，我们只是在等你从我们的生活中消失。然后我们就能结婚了，因为你和我没有会被这桩婚姻伤害的孩子。"

"可是还有瑟伦，"她绝望地说，"他不能把姐姐当继母。"

"我会照顾他的,"吉特在酷刑格栅后面残忍地笑着说,"我们什么都想好了,亲爱的莉塞。现在我要往他的面孔上泼硫酸了。"

"不,"她极度痛苦地喊道,"放过他吧,让他走。我会带他一起去狩猎路上的妇女之家;我们俩都会从你们的生活中消失。你让我做什么都行。我不会去报警,我不会写信给调查官,我愿意去圣汉斯精神病院待一辈子,只要你放过他的面孔。我愿意爱你,我会成为你的母亲,我会供养你一辈子。"

她疯狂地挣扎着,皮带勒进了她的肉里,但没有造成足够的疼痛。

"听着,"吉特平静地说,"瓶子就在这里。如果你真的这么爱那个无足轻重的男孩,那你来代替他,让我把你带走吧。这样你就再也不能出去见人了。你会变得面目全非,连你母亲都认不出来。这就是叫我放过他的代价。"

莉塞的双手在自己的面孔上摸来摸去,瑟伦绝望的尖叫刺穿了她的脑袋,就像哐当哐当尖啸而过的电车。突然间，她心中充满了令人麻木的幸福感，跟她在痉挛前感觉到的一样。她潮湿的双腿分开了，酷刑格栅后的场景变得遥远而无关紧要，就像一部无聊的电影。

"不，"她心不在焉地说，"我比他更需要自己的面孔。如果克里斯滕森太太能得到一颗新的大脑，那么他也能得到一张新的面孔。"

"很好，"吉特用一种心满意足的语气说，"既然你不在乎他了，我就暂时放过他。"

莉塞被一股喜悦、恐惧和痛苦的浪潮冲走了；吉特的面孔变得硕大而清晰，仿佛有温暖的雨正倾泻而下。她感到对吉特的爱在自己的身体中流淌，她向它投降，如同越过一条有去无回的边界。她的头脑中有一个清晰、敏锐的地方——她在那里感知到他们赢了。她已经疯了。

12

　　她坐在床上编织。正针五下，反针五下。原本打算织一个锅垫，毛线却像在学校的家政课上那样割进了她的食指。正针五下，反针五下。她为自己能搞明白而自豪。每织五针，就会有一滴水从水龙头落进浴缸，从不间断。一切都井然有序、有条不紊。他们拿掉了她床上的皮带。他们让她在干净的热水里泡了澡，因为他们不再有任何理由杀掉她。她吃了他们给的东西，喝了他们给的水——她已经疯了，他们因此不再往里面下毒了。所有的面孔都明净无瑕、精神饱满，就像刚经过了一夜好眠。吉特不再使用波尔森小姐的面孔，那张面孔回到了主人身上，就像一个筋疲力尽的孩子，在奇异而陌生的小路上四处游荡之后，终于回到了家。她只对彼得森先生心存疑虑，因为他依然拥有格特那种讽刺而忧郁的眼神，他自己的眼睛也许送去干洗店了。不过，她靠着避开他的目光，应付过去了。

阿内森小姐修剪并清理了莉塞的指甲，有一天还借给她一面镜子，她在里面看到了一张全新的、非常年轻的面孔，此前的皱纹仿佛被人用热熨斗熨平了。连她脖子上项链般的三道皱纹都变得只是隐约可见，时间仿佛像录音机一样倒带了。晚上，莫恩斯再也没有带着录音机过来；毕竟他需要睡好觉，才能在早晨戴上父亲的面孔。说话声来得不那么频繁了，它们的语气变得疲惫而温柔，仿佛刚出色地完成了一项任务。她被允许单独去那间无法上锁的厕所。其他病人打开门瞥见她时，会带着歉意嘟囔几句。她们的面孔是白色的满月，她难以区分。现在，每当约恩森医生说她可以搬出浴室时，她总会恳求他让自己留在原地，就好像这性命攸关。她不想离开吉特，偶尔还能把后者引到下面的谈判格栅那儿去。她再也不曾在酷刑格栅后出现。自从那天莉塞为了自己的面孔牺牲了瑟伦的面孔后，吉特就不再折磨他了。她不是虐待狂，只是把残忍当作手段，服务于一项更伟大的事业。

　　一天晚上，诺登措夫特太太走进来，问她想不想跟其他病人一起看电视。她记起克里斯滕森太太的那些说话声就在那儿，而自己是无权去听的，但吉特通过枕头里的扬声器说她应该去，因为有一条重要的消息要告诉她。于是，她任由自己被裹进浴袍，把双脚塞进拖鞋，靠在诺登措夫特太太的手臂上，走进了那个陌生的房间。她盯着主持人那张酷似约恩森医生的面孔。他正在谈论巴黎的骚乱，学生和工人正在举行反对总统的游行示威。他们播放了街头混战的片段。示威者扔下手中的标语牌，赤手空拳地袭击警方，而后者正用警棍猛击他们的头和肩。篝火熊熊闪耀，催泪瓦斯像硫酸一样流过街道，让年轻的面孔暂时失明——脆弱、透明的手盖住了这些面孔，却提供不了真正的保护。看到人们用刀劈砍总统的画像时，她被兴奋攫住，并感到一阵获胜的狂喜。突然，她看到吉特从人群中走出来，捡起凯旋门脚下的一张海报。她的面孔填满了整个电视屏幕，双臂伸展着举起标语牌。莉塞盯着那句用稚嫩的小学生字体写成的话：爱所有人，或者谁都不爱！顿时，她的兴奋像没添燃料的篝火一样熄灭了。几句古老的诗行穿过她的脑海，带来宽慰：

　　——倘若想摆脱失落和忧愁，

　　你必须不爱这地球上的任何事物。

　　她对电视屏幕上闪过的画面失去了兴趣。她试图回想起自己的孩子，却忘记了他们的面孔。相反，她看到了童年街道上一个男孩的面孔。他比她大得多，但他正当着垃圾桶角落的孩子们的面，正式向童年告别。"我要去西班牙，"他说，"为自由而献身。"她当时爱着他，因为他很快就要死了。有一次，他从前楼三层楼梯间的窗户向外跳了下去。这个举动让大家都对他表示尊敬和钦佩，可等他从医院回到家时，他的髋部扭伤了，这注定了他的命运。他的一只脚总是悬在另一只上方半英寸[1]处,他的眼睛看到了别人看不到的东西。很快,一颗敌人的子弹会击中他的心脏,悲伤、贫穷和无聊再也不会像恶心那样涌上他的喉咙。

"我累了,"她对坐在旁边的护士说,"我想上床睡觉。"

现在,每当他们给她打针时,她都自己拉起病号服,一小会儿之后,她的大脑就会变得无精打采、空空如也——如同一面映不出任何东西或任何人的镜子。她睡得很沉,没有做梦,眼睑内侧的可怕画面再也没有出现过。汉娜的面孔和声音也消失了,而剩下的三张面孔中,她母亲的那张最令人讨厌。

"你还记得吗,"她母亲在管道里责备地说道,"有一次,你一个人在家,单纯出于恶意,你打碎了我非常喜欢的花瓶?"

"记得,"她回答,"但我后来一直很后悔。"

"那也没法让花瓶恢复原样,"她母亲干巴巴

---

[1] 1 英寸等于 2.54 厘米。

地说，"我小时候，家里就有这个花瓶了，它是我母亲唯一留下的纪念品。你一直冷酷无情。"

"我不想重复你们的生活，"她辩解道，"我想拥有自己的生活。"

"家里没东西可吃时，你会跑去隔壁的婊子家吃晚饭。你不在乎我们有没有的吃。"

"我知道，"她承认，"但我为此受到了惩罚。如今我跟你们那时一样穷。"

约恩森医生进来了，没穿他的白大褂；他穿着一套整洁的定制西装和一件雪白的衬衫，白得让他的面孔看起来好像他刚刚一直在明亮的阳光下坐着似的。

"你看起来不错，"他满意地说，"你不觉得好多了吗？"

"我疯了。"她高兴地告诉他。

"你没有之前病得重了。所以你觉得自己哪里疯了？"

"我不在乎我的孩子，"她解释道，"我几乎完全忘了他们。"

"会好起来的，"他保证道，"一见到他们，你就会重新爱上他们的。"

"是的，"她说，"但只有当我对西班牙矿工、被捕的俄罗斯作家和希腊的政治犯产生同情时，我才会爱他们。"

"可是那超出了你的能力范围，"他吃惊地说，"你无法同情你从未见过的人。"

"他是个人主义者，"吉特轻蔑地说，"他根本不懂这些。"

她变得困惑，打量着他那张黝黑、富有的面孔，隐约散发着须后水的气味。

"你还完债了吗?"她问道。

"你这是什么意思? 我没有欠债。"

他微笑着，用手指刮了一下她的鼻子。

"别出声，"吉特说，"我们帮他还清了。我们再也不需要他了。"

"这不重要，"她说，"只是我刚才在想这件事而已。"

"你丈夫没来探望你吗?"他问，"看到你在好转，他会高兴的。”

"没来，"她突然敞开心扉，说道，"他准备趁我疯掉的时候跟汉娜结婚，之后就无所谓了。"

他端详了她一会儿；她脑海中闪过了以前对他的信任投下的影子。

"所以你相信，"他缓缓说道，"他们俩之间存在着亲密关系？"

"是的，当然，"她平静地说，"这种关系已经持续很长时间了。"

"谁告诉你的？"

"他们自己告诉我的。你也全都知道。你得到了五万克朗，条件是除掉我这个障碍。"

"他们告诉你这件事的时候，你是在家里，还是已经来这儿了？"

她想了一会儿。"我到了这里之后，他们才告诉我的。"她承认。

"我觉得这不是真的，"他诚恳地说，"那些声音告诉你的事情，你不能什么都信。它们很可能在说谎。"

"那个老伪君子，"格特轻蔑地说，"我向来受不了他。就是他让你漠视我的不忠，而那并不是我的本意。他从我身边夺走了你，一切就是从那时开始的。"

她恐惧地往后退了一步。

"我不知道你说的是什么声音，"她说，"我听不到任何说话的声音。"

"好吧，好吧，没关系。"

他将她刚洗过的头发拢到耳后，轻轻拍了拍她的脸颊。

"你反对吉特来看你吗？"他问，"她希望我批准她来。"

"别反对，"吉特说，"她只是个复制品。"

"不，"她顺从地说，"我没什么好反对的。"

"你得准备好明天进病房了，"他说，"大家很需要用浴室，再说了，这里也不是很舒服。"

"噢，不，"她惊恐地哀求道，"我不想离开那些说话的声音。"

她立刻后悔了。

"我是说你和护士们。"她说，听起来不太有说服力。

"那些声音会跟着你离开，"他严肃地保证道，"它们也会出去的。"

"我很快就能回家了吗?"她问，"我不会告发你的，你可以留着那笔钱。再说，既然我已经疯了，警察是不会相信我的。"

她将双臂举过头顶，仿佛在向他展示自己是多么无害。无害，不值得担心。那就是她在学校时的态度。她想起了在中毒救治中心与明娜的相遇。"当时我们都觉得你好蠢。"世界不应该害怕她，因为那样她就会害怕世界。每当她忘记这一点，暴露出自己如今极力否认的一些特质时，就像吉特和她母亲提起的那次该死的采访那样，她就会猛然想起它。

"你康复了就可以回家了。"他说。

"然后我就得学着烤面包。"

"也许没那么难。"他笑着说。

他离开后，吉特出现在了谈判格栅后。她把

面孔使劲贴在网面上，鼻子都压扁了。

"你刚才处理得不太好，"她责骂道，"你得学会表现得像你已经好了一样。多练练就行。等我的复制品到这儿了，你也得这么做。跟她说话的时候就像你在家里一样，就像对待一个阶层比你低的人那样。"

"我没想到你会这么说，"莉塞惊恐地说，"我自己也出身贫寒。人人生而平等，美国《独立宣言》里这么说的。"

"别爱美国，"吉特警告道，"除非他们从越南撤军。"

"我一直厌恶瓦尔比山以外[1]的世界。"她柔声说，声音轻到她觉得吉特听不见。

"这就是为什么你抓着你的孩子不放，他们都快窒息了。你还记得那首你很喜欢的亨利·帕兰[2]

---

[1] 瓦尔比区（Valby）是位于哥本哈根市西南角的一个行政区，瓦尔比山将其与更中心的韦斯特布罗区隔开，"瓦尔比山以外"即意味着哥本哈根市中心以外。

[2] 亨利·帕兰（Henry Parland，1908—1930），出生于芬兰的现代主义诗人、小说家、散文家，用瑞典语写作。

的小诗吗？背给我听听。"

她照做了，随着词语滑过嘴唇，她意识到，自己到现在才真正理解了这首诗：

> 一位母亲来找我：
> 告诉我
> 我的爱里
> 缺了什么。
> 我的孩子们不像
> 我爱他们那样爱我。
>
> 我说：
> 漠然，
> 一点点抚慰人心的漠然
> 是你的爱里所缺失的
> ——随后她离开了
> 低头看着地面。

"没错，"吉特说，"直到你对瑟伦的面孔变得漠不关心时，才明白了这个道理。但这不会永远持续下去。当你开始对受苦的全人类感到同情时，就会重新爱上瑟伦。"

然而她想，到时候问题将是瑟伦会不会爱她。他真的会原谅她为了自救而将他牺牲的做法吗？

吉特消失了，所有说话的声音都沉默了。一缕纤细的阳光透过高窗洒下，让她吃了一惊。外面会是春天吗？她不知道自己在这里待了多久。

13

病人们在长长的走廊里来回游荡，身上的衣服要么太小，要么太大。她们随机的面孔灰暗而松弛，跟衣服一样不合身。但只要能够得着眼睛并透过它们往外看，就像透过无人清洁的蒙着灰的窗户往外看一样，她们似乎就很满足了。她们用一只手一路摸索着墙壁，墙略朝房内倾斜；她们知道，总有一天，在它发黄、被忽视的疲惫状态下，墙会倒在她们身上，压垮她们。她们尽可能将自己的说话声藏在心里，因为无法确定一旦将这样的声音释放出去，是否还能找回来。最好的办法是只让它形成简单、普通的话语，不表达任何个人思想，而是可能出自任何人之口。她们不时停下，仿佛外面有人在呼唤她们——一位丈夫、一个孩子、一段回忆。

她们摇摇头，片刻间失去了对倾斜墙体的控制。随后，她们会忘记这件事，继续费力让每个钟点彼此分开，免得傍晚在半下午就从她们身上涓涓流走，免得黑夜汇聚成长链哗哗流逝，她们却不知道此时白天在做什么。每当到达走廊的尽头时，她们都会仰望那座嘎吱作响的大钟，上面的指针经常忘记移动。动作迅速、身材苗条的护士们在病人中间穿梭，她们被自信的性感气息包裹，充分消毒以抵御病菌污染，就像麻风瘟疫区的工作人员。

有些事情发生了，就像例行公事一样，悄无声息地溜进莉塞的皮肤之下。一个病人似乎离开了她自己，走过来摸了摸莉塞的手臂，仿佛想让自己相信莉塞是真实存在的，无法像穿过彩虹那样穿过她。"你看起来人很好，"她迟钝而心不在焉地说，"能不能告诉我出口在哪儿？我得回家，送我的孙子上学。"莉塞指了指一扇门，它通往她从未见过的一架楼梯，她也无法想象楼梯的台阶是什么样的。女人抓住门把手，发现门是锁着的。接着，她没有流露出任何失望的迹象，而是走向一名护士，非常礼貌地跟她要钥匙。

"可你在吃过午饭前不能回家，"女孩说，"等你吃完了，我们就会放你出去。"

这个回答似乎让那位病人完全放下心来，尽管她之前已经听过上百遍了，这一切就像一场仪式，不再有人记得它最初的含义。

莉塞接受了自己脆弱的新现实，如同一只盒子接受一个只有当它努力撑开时才能正好合上的盖子。这就是事情的态势，她只能希望不会再有其他变化。约恩森医生没骗她。那些说话声也在这里。它们在铁窗下方的暖气片里、她的枕头里和厕所的管道里安顿下来。她频繁去厕所，远远超过了必要的次数。现在只有吉特和格特说话的声音了，他们引导她的思绪朝着正确的方向前进，就像引导小孩子在陡峭、倾斜的地板上找到方向一样。他们如此温柔地对她说话，使得投降的甜蜜像药物般填满了她的内心。可她依然有很多东西要学。她对他们有所隐瞒；比如，她心中爱的匮乏并不是绝对的，并且在她精神错乱的边缘，存在着一道磨损、颤抖的边界，由正常和熟悉的事物组成——如果被人看见，她将再次身处险境。她只被允许爱吉特，而这种爱会慢慢扩展到包含每一个遭受贫穷、不公、残疾、独裁，以及被持不同观点者迫害的生灵。吉特从未提醒过她，酷刑格栅后最终上演的那关键一幕，但她知道，如果她暴露自己的弱点和怀疑，哪怕只有片刻，那一幕就会重演。最重要的是，她得警惕约恩森医生以及从前对他的信任，这凶险的信任过于频繁地让她陷入其中。她并不总能成功让他相信自己是无害的。在他探寻的目光下，她觉得自己是透明的，而每当他说她在好转时，恐惧便会攫住她。"可我听到了说话的声音，"她为自己辩解道，"那只在一个人疯了的时候才会发生。"她不再听从克里斯滕森太太的警告，因为她的目的不再是回家了。那些面孔都在那里等着她，而她的目光会像硫酸那样穿透它们。此外，格特和汉娜还得先结婚，因为这就是格特身处的难以理解、困难重重的世界所要求的，就像置身于一幅古旧的油画，却不敢迈出画框。他想涨到第二十八级工资，而如果他不融入中产阶级的体系，就无法实现这一目标。有个疯老婆不要紧，不过他得用别的方式让自己和汉娜的关系变得合法。只有在婚姻中，对青春的爱才能得到认可；在这波浪潮里，他会被带出旧世界，获得他唯一的生存机会。随后，吉特会退休，靠莉塞丢弃的青春为生。每天早上，莉塞都会把咖啡端到她床上，她们会一起轻声谈论男人、孩子和爱情，就像一场你永远也无法跟死者进行的对话，除非在愉悦的梦中。

有一次，吉特透过厕所的水箱问：

"如果情况合适，你愿意嫁给黑人吗？"

"愿意。"她撒谎道，同时感到震惊。

"你这话不是真心的。"格特严厉地说。

"我从未有过时间，"她为自己辩解道，"对此形成自己的看法。我决定描述我看到的世界，而不是参与其中。"

这时，阿内森小姐突然站在门口，带着一抹温柔的微笑看着她。

"你在跟谁说话？"她问道。

"没人。"她说。她吓了一跳，毫无必要地冲了马桶。

"我们很清楚你能听到说话的声音，"另外那个女人说，"别那么害怕丢脸。"

她恐惧地摸了摸自己的面孔，像她母亲的那样布满褶皱，因为她忘了阻止它——当它像穿过下水道一样流经未来时，光线充满诱惑地透过尽头的假窗户，洒落在陈旧的垃圾、乱窜的老鼠上。

她走进病房，在床上躺下，隔壁床的女人总是把头抬得高过枕头几英寸。在她那张灰色的、永恒不变的面孔上，只有眼睛是活的、专注的、善于观察的。每次他们试图喂她吃东西，她都会紧紧闭上嘴唇，只有在听到古老摇篮曲中最温柔的爱抚话语时，才会张开。你跟她说话，她从不回答。莉塞的床边有一张桌子，下面的架子上放着一个肥皂盒、一把梳子和一把牙刷；所有这些都属于国家，跟她家中的类似物件毫无联系，她抛弃了那个家，就像抛弃一个留不下任何持久痕迹的梦。彼得森先生走过来，他借来的眼睛固定在面孔上，就像某种令他尴尬的外来负担，因此，她必须不断帮他克服这一点，假装没有任何问题，如同孩子们拆掉一份并没有给他们带来喜悦的礼物的包装纸，因为成年人总是忘记最重要的东西：发条老鼠的钥匙或者玩具屋里台灯的电池。

"有人来看你了，"他说，"是个女孩，正坐在等候室里。"

她被一种模糊的不安攫住，走进了那个没存放任何记忆的房间；病人坐在访客对面，戴着从衣帽间挑选出的、来自过去的毫无特色的面孔，那些面孔挂在衣架上，就像永远不合身的衣服。吉特坐在角落里，正和一个病人热烈地交谈着，后者的面孔被扯离了语境，如同吉特从家里的书中摘出的句子，像套装一样穿在身上，别人做梦也想不到这不是为她量身定做的。

"你好，吉特。"她说，同时惊恐地注意到，昔日的憎恨像一个清晰、挺立的想法那样从她的意识中穿过，来自她曾抛弃的那个令人不安的世界，如同放弃一道无法解决、难以克服的难题。在衣服的映衬下，吉特的面孔很显眼，像一朵插在没换水的花瓶里的花。它枯萎了，被遗弃了，而她眼中的梦幻神情源自构造时发生的错误，而非高尚的品质。

"莉塞，"她喊道，"真高兴再次见到你。他们之前不让我们来看你，因为你病得太重了。坐下吧，我们好好聊聊。"

莉塞坐下，将硬邦邦的裙子拉到了膝盖上方。她的长筒袜滑了下来，宽松的拖鞋突然让她想起格特给汉娜买的所有那些小巧、雅致的鞋子。她想念自己的那些说话声，它们从未钻进过等候室。怀疑在她心中坐定，她的心脏突然咚咚作响，就像浴室管道里的鼓。或许这才是真正的吉特，而谈判格栅后的那张面孔只是一个复制品。

"家里的情况怎么样？"她毫无兴趣地问。

"挺好，"吉特说，"但我们都很想你。尤其是瑟伦。他在物理课上炸伤了脸颊，不过现在开始愈合了。"

"是硫酸，"她惊骇地说道，"你答应了要放过他的。"

"什么意思?"

她冰冷、质疑的目光停留在莉塞身上,像一段痛苦且无法摆脱的回忆。

"没什么,"莉塞说,"我只是在发疯。"

"是的,"吉特满足地说,"你应该在这里待到康复。瞧,我给你带了些烟,还带上了你的口红。"

她从手提包里取出一包"王子"牌香烟,莉塞夺过口红,把那根闪闪发光的管子握在手中,仿佛那是一份珍贵的礼物,是莉塞永远回不去的世界对她的温柔问候。

"你有镜子吗?"她问道。

吉特为莉塞举起她的袖珍镜子,莉塞让红色的口红滑过她苍白、干燥的嘴唇。

"谢谢,"她说,"你真好。"

她口中的话语单调而乏味,就跟其他病人一样,她们的声音听起来像是快没电的发条玩偶。所有访客都在大声说话,仿佛在跟聋人说话;他们还把装水果的袋子和包三明治的纸弄得窸窣作响,用颤抖的手轻触病人们的面孔和手，像是要安慰自己她们还活着。

"你为什么这么做？"吉特问，"格特难过得不行。格蕾特的自杀已经让他非常消沉了。要是没有汉娜，我不知道他要怎么挺过来。她真是无私，她做了自己能做的一切来安慰他。"

"她做了什么？"莉塞心不在焉地问。

"噢，很多事情。今晚他们要去看一场演出，叫'空间里的小说'。现代作家并不出版自己的书，你知道的。他们把作品挂在一个房间里，观众会走进去参与，就像书中的某个人物一样。非常有意思。如果你想跟上潮流，也可以这样写作。"

沉默突然滑入她的内心，就像一种她必须承担的新现实。她耳朵里的嗡嗡声消失了，墙壁和家具颤抖、临时的特性也消失了。吉特的面孔立体而真实，她的皮肤只在颧骨上方微微绷紧。穷人习惯了这些东西，就像穿二手衣服一样。她穿着汉娜淘汰的旧衣服，它贴合她瘦削的身形，只是胸部太紧了。她留了一颗纽扣没扣，可以看到她锁骨下的脉搏在跳动。莉塞紧张地晃动着一只脚，同时看到其他病人也在做同样的动作。她们渴望自己的访客离开，这样她们便又可以在走廊里来回游荡，面带侧耳倾听、自我审视的神情，手沿着倾斜的墙面移动。她们就像纸做的娃娃一样扁平，而吉特和其他陌生人却有一个不怕示人的背面。他们有皮肤、骨骼、血液，下面还有神经，散发出一种由记忆和四季组成的气味，刺激着疯子的鼻孔，在她们心中激起一种无法忍受太久的恐惧。

"我学会了喜欢你，"莉塞狡猾地说，"跟喜欢我自己的孩子一样。"

"这不是实话。其实你受不了我，但又不敢赶我走，因为我知道得太多了。"

吉特的喉咙完全放松了，她窄窄的嘴唇紧紧贴在乳白色的小牙齿上。她微笑着露出了牙齿。

"我也喜欢你，"她说，"在我看来，代沟并不存在。莫恩斯是学生会主席。他们每天晚上都开会。学校里有一个他们想赶走的老师。他一点也不懂新时代。"

"可我懂，"莉塞害怕地说，"你们跟彼此上床是为了友谊，与性和亲近感无关。我发疯的时候理解了这一切。你介意我去趟厕所吗？"

她得出去找吉特在水箱里的说话声，因为她再也离不开它了。吉特并不知道自己的说话声已经失去了回声。吉特对莉塞神经质的疑虑，以及她那危险的、正在苏醒的正常状态一无所知，这种感觉就像深入骨髓的疼痛。

"吉特，"她喊道，"对我说点什么。"

可水箱里只是传来遥远的流水声；她知道那些说话声背叛了自己，因为她对等候室里的那个女孩没有任何爱意，尽管后者给她带来了香烟和口红。她已经取回了自己的说话声，它躺在她的舌头上，闪亮而肥硕，像一条盘绕起来、准备出击的蛇。莉塞感到无助、被抛弃，并满心恐惧地意识到，疾病正在离开她的头脑，如同一只蜗牛抛弃它的房子——裸露、颤抖、不受保护。她渴望浴室，仿佛那是她失落的童年家园。

"《洛丽塔》，"吉特一边穿外套一边说，"重读它真是意义非凡。我在里面看到了自己。校长的丈夫引诱我的时候，我才十二岁。我舔他的眼球时，他会高潮。它们粗糙而咸涩，就像贻贝。那恶婆娘恨我，如同洛丽塔的母亲恨她。汉娜向你问好，差点忘了告诉你。"

带着残忍的快活心情，她盯着莉塞突然变老的身影——弯腰弓背，仿佛是为了迅速接受即将到来的年月。

吉特伸出手，在莉塞的手上放了一会儿，像石头一样冰冷而干燥。

"我很期待你回家。"她说。

"不会太久的，"莉塞说，"但只要我还能听到说话的声音，就回不了家。"

可她再也听不到说话的声音了。在汉娜和格特结婚之前，她得向所有人隐瞒这个事实。当她在游荡的病人队列中站定时，沉默像胆汁般在她口中升起。彼得森先生把手放在她的胳膊上，她看到他已经取回了自己的眼睛。它们有点干瘪，像两块干果，与眼窝并不完全吻合，但她知道它们很快就会适应的。

　　"你该去检查室了，"他说，"约恩森医生想跟你谈谈。"

14

她一眼就看出，他那天早上特意打理了自己的面孔，如同你将一套不常穿的西装送去干洗、熨烫，打算在一个重要场合穿。但现在，傍晚已经迫近黄昏，疲惫从他的皮肤里钻出来，就像一天要刮两次胡子的黑发男人的楂儿。他的目光像是乡村火炉上的云母玻璃窗格后即将熄灭的灰烬。柔情在她心中涌起，如同高烧——她对他的安全感到担忧，此前阿内森小姐冒着生命危险帮助她时，她也有过同样的忧虑。

"见到吉特感觉好吗？"他问道。

"好，"她说，"我现在不怕她了，因为我已经学会了爱她。"

她注意到，这些话语下落得很慢，就像眼药

水从滴管里滴下来一样，而且不知为什么，它们都出了问题。它们应该符合他脑海中对她的印象，因为只有这样，她才能平息世上的邪恶力量。

"你不需要这么做，"他震惊地说，"一定有比你的管家跟你更亲近的人。是那些说话声要求你这么做的吗？"

"是的，"她承认道，"世上的爱太少了，所以我们最爱的，必须是其他人都忽视的那个人。需要付出最多努力去爱的那个人，我们内心深处厌恶的那个人，因为她不让我们轻松过活。正在受苦的那个人，遭受冤屈的那个人，精神上的赤贫者，以及每天早上必须坐在课桌前，承受一代代人传下来的恐惧那令人作呕的臭气的无名孩童。"

说出这些话的时候，有什么东西在她的喉咙和心里融化了，她透过一层泪雾看到了他的面孔。

"别怕我，"她柔声说，"我绝不会揭发你。钱对我而言没什么意义，我会让其他人跟你和解的。我看到的一切都像是发生在另一个星球上。我赞成格特娶他那个堕落的小仙女，她从一开始就教会了他一切。通过她，他会体验到新世界所有那些"爱你的邻居"的要求；这甚至适用于电车上那个口臭难忍，拿着汗津津、皱巴巴的换乘票的男人。"

"我觉得你在好转。"他温柔地说。

"不。"她惊恐地说，盯着窗下的暖气片；没有说话声来帮助她，支持她。

"不，"她重复道，"我还是能听到说话的声音，这并不是好转的表现。我也不擅长家务。"

"你没必要擅长，"他诚恳地说，"你擅长诗歌就够了。在我看来，你创作了一些相当出色的诗。"

"它们平庸得无可救药，"他补充道，"充满了诸如此类的告白：你在感觉自己有感觉时感觉到了什么。"说后半句话时，他紧闭双唇，喉结也一动不动。

"有时候，"她缓慢而艰难地说，"我能听到一些你并没有说出口的话。"

"你能意识到这点是好事。"他说着，用食指扶着太阳穴，以免他的面孔滑下去，因为它已经累得支撑不住自己了。

"你知道诺达尔·格里格[1]那首关于伦敦大轰炸的诗吗?"她问道。

"应该不知道,"他疲惫地说,"但我想听听。"

她背了两节,磕磕巴巴地念出词语,因为她现在得抓紧时间。在某个地方,晚餐正等着他,是怀着那种亲密的爱准备的,就像一种缓慢起效的毒药,使他注定将在自己所属的那个古老、被抛弃的世界里陷入毁灭。桌边坐着腿部畸形的小哈桑,他终将长进他的心中,如同豆苗攀缘着竿子生长,到头来只是让竿子在重压下突然意外折断。

教堂和柱子和盐灰色的伊丽莎白式建筑——

人们如此平静地向化为瓦砾的一切告别。

炸弹必须击中点什么。祝福每颗沿弧形坠入

哥特式建筑的炸弹,只要有一个孩子幸

---

1 诺达尔·格里格(Nordahl Grieg,1902—1943),挪威诗人、小说家、剧作家,"二战"期间曾担任战地记者。

免于难。

艺术不能用奴役、邪恶和丑行购买。

失去了自由，拯救圣母院又有何用？

艺术也有权拥有悸动的、血淋淋的伤口。

而世界会因伦敦没有纪念碑而爱上它！

"非常美，"他说，"但这种思维方式对你来说很陌生。表达自己是你的宿命，就像被狮子吞食是羚羊的宿命一样。"

这个比喻似乎让他暗自得意，那个不可信的表情再次从他的脸上一闪而过，如同一道冰冷的影子。

"写给我看，"他说，"把那些声音对你说的话都写下来。我会保证你有纸笔用来写作。相信我。我是你的朋友。"

他把门打开，并为她扶着门，她出去时弄掉了一只国有的拖鞋。她尴尬地把脚再次塞了进去，接着加入游荡的病人行列，一只手扶着倾斜的墙壁。她现在很清楚，那面墙是结实的，由溅满白色石膏斑点的泥瓦匠支撑着，他们默默无闻地生活，就像从排水管一拥而下的雨滴。

15

　　她写道:"我八岁那年,他们给了我一个可以睁眼、闭眼的娃娃。他们站在我的床脚,我父亲的睡裤没有完全拉上。我能看到从里面伸出来几根潮湿的黑毛。夜里,床在他们身下摇晃,我听到母亲用一种带着笑的奇怪声音说:'别这么用力,你会把莉塞吵醒的。'我恐惧又厌恶地想,我的女友说得没错:'你父亲和母亲也做那事。'几天前,有个孩子在我们街上被谋杀了。一个跛脚的单身鞋匠勒死了一个小女孩,把尸体塞进了他母亲公寓的橱柜里,而她从医院回家后发现了尸体。我母亲跟我说,绝对不要跟街上的陌生男人去任何地方。如果有男人给我糖果或冰激凌,我应该去报警。那天是我的生日,我的快乐本该像一个闪闪发光的圆球——他们可以握在手里，让每个人都能看见。当他们笨拙地把那个娃娃塞给我，当它赤裸、冰冷的身体以及弯曲的手臂和腿躺在我怀里时，我知道有什么东西成了我世界的一部分，而且我得永远保守这个秘密。我在电光中微笑，电光溜进了我的牙齿之间，就像肉末。我不停地上下摆动娃娃的两只手臂，以至于肩膀完全松动了。那本该看起来像是我在和娃娃玩耍。我父母看起来很满意，他们这么容易就被骗了，这让我感到一种新的孤独。那个丑陋的粉色娃娃用死气沉沉的玻璃眼睛盯着我，我赶紧把它放下，让眼睑遮住它们。后来我发现，它纸做的身体一洗就会溶解，因此我很快便用那种方式摆脱了它。我决定，总有一天，我会有一个真正的、活生生的孩子，并且孩子不会有父亲。我想永远不结婚。之后，我躺在草地上，旁边是格特，他的头发闻起来像蜡烛熔化的气味，如同一个圣诞夜的回忆。汉娜把她纤细、金色的双腿跨在他的腿上。她在吃一根条纹棒棒糖，面带一种心不在焉的天真表情。莫恩斯坐在离他们稍远的地方，正在采花。格特让自己的手滑过汉娜裸露的小腿上的细小汗毛，我突然觉得，这个女孩很像我童年时那个令人厌恶的娃娃。汉娜从未拥有过娃娃。过生日时，她得到的是小汽车和绘本，我以为她收到这些礼物时的喜悦是真诚的。直到今天我才意识到，我从未真正了解过她。"

她猛地抬起头，停下了笔。一个类似锡盒在地板上滚动的声音填满了安静的房间，另一边，一张桌子旁站着一个高大、敦实的女人，正在把什么东西摊开给彼得森先生看，后者似乎在竭力欣赏。接着，她把那东西叠好，夹在腋下，同时带着沾沾自喜的表情环顾四周。她瞥见了莉塞，莉塞正坐在床边，双脚搁在桌子下方的架子上。

"哎呀，那是莉塞·蒙杜斯。"她喊着，冲到莉塞跟前，伸出一只肥胖而柔软的手。

"真没想到会在这里遇见你，"她说，"我看到你对穿超短裙的女孩的评价了。噢，说得真对。不过，我看得出那张照片一定是几年前的了。你现在瘦了，脸上的皱纹也多了，可我还是一眼就认出了你。我读过《离经叛道的人》，结尾真是令人意想不到。我自己对警察也有不满。就是他们把我关进来的。一直是这样。可我做了什么呢？在诺雷布罗加德大街上给所有可怜的孩子发葡萄干。好像那会打扰到谁似的。"

笑声在她松垮的脸颊上爆发，仿佛是从里面溢出来的。

"我想见你很多年了，"她说，"我自己也是个艺术家。我画的都是花，这已经是我第六次来这里了。他们这儿的伙食不错。"

她说得好像这是自己每年都要专程光顾的水疗中心。她在桌边坐下，把纸和圆珠笔挪到了床上。莉塞的心怦怦直跳，就像在做噩梦一样。

"你搞错了，"她说，"我叫阿尔布雷克特森太太，我只是一个普通的家庭主妇。"

"真的吗？"那个女人喊道，"你和她长得一模一样。你想看看我的画吗？"

她把画在床上展开，画得糟透了。

"挺漂亮的，"莉塞木然地说，"可我需要单独待一会儿。我在写信。"

"总有一天，你也得学会去爱她。"吉特透过枕头说。再次听到她的声音，莉塞高兴得忘记了恐惧。

"这段时间你去哪儿了？"她问道，"我担心你抛弃我了。"

"我是你疾病的残余，"她解释说，"你不一定能再次听到我的声音。你知道自己已经好了。你得尽快回家去烤法式面包。格特和汉娜结婚了，他们喜欢在床上喝咖啡。"

"但我想重新开始写书，"她柔声说，"用一个完全不同的名字出版。约恩森医生说，我不必成为一个好的家庭主妇。"

没人回答她。她在枕套里疯狂地寻找扬声器，可有人已经把它拿走了。

随后，医院查房的一行人来到了她的床前。一个神色自负的年轻医生在她面前停下，翻看她的病历记录。他身边站着病房的护士长布兰特小姐，她不再假装成其他人了。在房间的某处，新来的病人锡盒般的嗓音四处回荡，被囚禁在墙壁之间，而墙壁很快就会承受不住这种压力。

"情况怎么样？"医生看也不看她一眼，问道，"你还在幻视、幻听吗？"

"是的。"她说。接着，她诚实地补充道："但不像之前那么严重了。"

他的面孔就像完成了一次漫长、和谐的妊娠。她意识到，那并不是一张需要放在心上的面孔，不禁松了口气。

"我看到你重新开始写作了，"他亲切地说道，"我觉得你很快就能回家。至少，你可以搬去开放式病房了。"

"不，"她害怕地说，"我不想去。"

开放式病房里那个女人对她剽窃的句子了如指掌。

"你不想？"他惊讶地说，"你可以跟其他病人有更多交流。这里的病人都病得很重，你知道的。不过，我会先跟主任商量。"

他走到下一张床前，床上的女人抬起头，毫

无兴趣地看着他。

"好吧,"医生对布兰特小姐说,"这里没什么变化。不过,我们很快就会收到圣汉斯精神病院的消息;之后她就可以转过去了。"

他说话时仿佛她不在场,就像地下室公寓里的人,毫不尴尬地讨论自己的母亲什么时候才能行行好蹬腿死掉,好让他们拿到保险金。

她重新开始写作,一只手臂护在纸上方,生怕那个讨厌的艺术家会看到。所有默默游荡的病人被迫分离,就像一群被飞机直接截断的鸟儿。他们的面孔即将掉落,他们惊恐地用手在上面胡乱摸索着,以免皮肤下的未知之物显露原形:那是藏在人人可见之物背后的一种隐疾。她写道:

"没有通往爱的路径。爱将自己置于路上,爱消失时,路也随之损毁。"

这句话不是她自己写的。它属于柯莱特[1],她已经很多年没想起过了。一首叶芝的诗[2]在她脑海中

---

1 柯莱特(Colette,1873—1954),法国女作家、默剧演员、记者。
2 即《漫步在莎莉花园》("Down by the Salley Gardens")。

浮现，就像一条鱼在静谧的林中湖泊里浮出水面。
写下这首诗时，她的心再次被触动，如同她跟阿斯
格离婚后，它给她带来慰藉那样。

漫步在莎莉花园
我的爱与我曾相遇；
她经过莎莉花园
小脚洁白如雪。
她命我对爱从容以待，
如同叶子长于树梢；
可我年轻又愚呆，
对她的话并不信服。

在河边的田野
我的爱与我曾驻足，
在我微倾的肩上
她雪白的手曾停驻。
她命我对生命从容以待，
如同青草长于堰上；

可我当时年轻又愚呆，

如今却泪流满面。

她盯着这些词句，仿佛它们是一条秘密信息，写在自己的心墙上。在过去的很长一段时间里，她曾天天待在皇家图书馆，因为家里没有安宁。她试图翻译这首诗，但很快发现，自己费尽一生都无法把它译得足够好。

布兰特小姐走到她跟前。

"你丈夫来电话了，"她说，"病人本来不能用电话的，但他说有重要的事情。"

她穿着啪嗒作响的拖鞋跟在护士后面走，心里依然充满那首诗带来的甜美刺痛，就像一杯浓烈而苦涩的酒。

"你好，莉塞，"格特说，"听着。我跟约恩森医生聊过了，他说你可以回家了。"他压低声音害羞地补充道："我很想你，我们都想你。"

"吉特也想我吗?"她问道。

"我把她赶走了，"他说，"她给莫恩斯吃了快乐药，他把自己房间里所有的窗户都砸碎了。所以我觉得该结束了。"

"可她会报复的，"她惊恐地说，"她可以去找警察，把所有事情都告诉他们。你想过没有？"

她眼前浮现出那张狡猾的、胡桃夹子般的面孔，爱和恐惧穿过密密麻麻的面孔，从她的身体中挤了出来，童年时的侏儒在那些面孔上方如气球般升起，在广阔无垠的天穹下变得越来越小。

"她到底有什么理由找警察呢？"他问道，"我们家里没发生过任何犯法的事。"

"可我会想她的，"她喊道，不知道自己是真心还是假意，"她让我认识了一个全新的世界。"

他发出一如既往的清脆笑声。

"旧世界足够好了，"他说，"我明天来接你。"

"等我回家了，"她慢慢地说道，"我有话要问你，我想知道一些事的真相。约恩森医生那天说，他鄙视那些不愿直视真相的病人。"（这话也可能是他十年前说的，她已经记不清了。）

"我不同意他的看法，"他说，"但无论你问什么，我都会完全诚实地回答。"

"谢谢，"她说，"瑟伦怎么样？"

她眼前浮现出他那张小小的、老人般的面孔，如同它最后一次出现在酷刑格栅后的样子，一个快要饿死的印度孩子的面孔。

"挺好的，"格特说，"但他也想你了。吉特不给他讲童话故事，反倒给他灌输了很多莫名其妙的性知识。他很怀念在这疯狂的一切开始前我们过的日子。不过，我们可以等你到家了再好好聊这些。我会买一瓶威士忌来庆祝。"

"谢谢，"她说，"期待你来接我。"

走回床边时，她把红色格子裙上的腰带系紧了一些，因为裙子大过了头。她感觉自己像是接受了一位未知捐赠者的输血。正常的生活，带着它所有的负担和喜悦，平缓地在她的血管里流淌。当那位艺术家在走廊里拦住她时，她响亮而清晰地说：

"你说得没错。我叫莉塞·蒙杜斯。我明天要回家，开始写一本新书。"

16

星星还没出现，人造光就已亮起。温暖、金黄的光线在她的眼睑下流淌，穿过她皮肤的毛孔，进入她的血液，拖着一张网在她的记忆中行走，温和地触碰那些快被遗忘的回忆。他们正走过市政厅广场，格特的面孔在闪烁的霓虹灯牌下忽明忽暗，而这些灯牌的样子从没变过。

"十七岁那年，"她挽起他的手臂说，"我站在《B.T.》报社的大楼前，等待一个始终没现身的年轻男人。回到家后，我觉得自己的未来就像韦斯特布罗加德 [1] 大街上的建筑一样冰冷、灰暗。"

"那是个敏感的年纪，"他温柔地说，"汉娜在

1　韦斯特布罗加德（Vesterbrogade）是哥本哈根韦斯特布罗区的主购物街。

做晚饭——我觉得会是很特别的菜。她想庆祝你回家。我猜，吉特的离开让她松了口气。她不喜欢吉特，出于某种原因，还有点怕她。"

一个盲人正用手杖笨拙地摸索着路缘前行，莉塞给他让了路。他那张警觉的、倾听的面孔显得遥远而内倾，她没必要把它放在心上。在那转瞬即逝的蓝色时刻，所有的面孔都毫不费力地穿过她，就像穿过一缕阳光，其中一些还带走了其他面孔，仿佛心不在焉。她的头脑因此变得透明而轻盈，就像被这条街拖慢的所有迅疾的脚步。

"你不想她吗？"她问道，眼前突然浮现出谈判格栅后那张怀恨在心的、孤独的小小面孔。

"多年来，"他悲伤地说，同时把她的手臂挽得更紧了，"我只想念你。我表现得像个白痴。"

"为什么我们不找个地方喝一杯再回家呢？"她突然说。她感到一种奇怪的恐惧，害怕再次进入那些房间，就像要进入一个从未属于自己的童年。

"好吧，"他亲切地说，"那我们去'珍珠'。"

那是一家脏兮兮的小酒吧，以前，他们经常

在孩子们上床睡觉、一天的工作结束后去那里。没铺桌布的桌子上有啤酒杯留下的环状印记，身后，几个穿工作服的泥瓦匠在打台球。

"两杯双份威士忌。"他对无精打采的女服务员说，后者不情愿地从那群工人间走了出来。她似乎不记得他们了。她的一只眼睛里有根破裂的血管，皮肤如橡皮擦一般灰暗而多孔。百叶窗拉了下来，桌上的台灯亮着。羊皮纸灯罩上有一道裂口，仿佛是一名喝醉的顾客用刀划开的。莉塞摸了摸窗户下的暖气片——管道里发出微弱的沙沙声，就像鸟儿在枝头鸣叫。

"现在是几月？"她问道。

"三月中旬，"格特告诉她，"你在医院待了三个星期。说真的，你为什么吃那些药？"

"因为吉特把它们留在了那里，"她说，"虽然你叫她把药藏起来。"

"我从没跟她说过！"他喊道，"我们压根没谈过那些药。"

"那就是她对我说谎了，"她说，"她告诉我，你害怕我会做格蕾特做过的事。"

"对她，"他心不在焉地把杯子举到灯光底下，说道，"我犯了错误，在她心中激起了自己无法回应的感情。不过话说回来，你想听到关于什么的真相？"

"现在不行，"她说，"这里不行。晚点。"

淡淡的醉意令他的面孔在她眼前变得像蒙了一层纱，她看到他的瞳孔变得比以前大了，就像被人从噩梦中唤醒的孩子对着光眨眼睛时一样。

"有时，"她缓缓说道，"你对另一个人做了一些事情，之后你就变得不一样了。你这样做是为了拯救自己。你之前认为的世上最重要的东西，现在不再有任何意义。"

"没错，"他喝下威士忌，说道，"但这话不能用在你身上。你从来都不是什么大罪人。"

有那么一瞬间，她对自己在他心中的无害形象感到愤怒，尽管这跟她想要世人看到的形象相吻合。可如果她暴露了自己的冷漠和自私，告诉他在医院浴室的酷刑格栅后发生了什么，那对他来说也不会有任何真实感——而对她来说，那一幕永远真实地存在。

有人往自动点唱机里投了一枚硬币，一个鼻音很重的女声唱道：

> 他在夏天到来
>
> 当时阳光明媚。
>
> 他对我许下承诺
>
> 说了甜言蜜语……

余下的歌声淹没在泥瓦匠打台球的嘈杂声中，但那感伤、平庸的旋律触动了一段记忆。那是莫恩斯和吉特经常播放的唱片之一。纳迪娅来家里的那个下午，这首歌还没放完就被她掐断了。

"吉特走了，莫恩斯适应得怎么样？"

"他有点伤心。我觉得他迷上她就够蠢了。要迷住他这种男孩很容易。还有她那套疯狂的福音传道，说什么要爱你的邻居。他完全信以为真，尽管真相是她连爱一只猫都做不到。"

他笨拙地把手放在她手上，手心的温暖流遍她全身。

"我爱你，"他坦诚地说，"你能原谅我背叛了你吗？"

"我也背叛了你，"她说，"我只在乎自己那些愚蠢的书。"

"它们不蠢，"他衷心地说，"你的一篇故事被收进了汉娜的课本里，还有一首诗也是。"

"我从没写过什么好东西，"她说，"我只敢为孩子写作。"

"也许这是一种比为成人写作更伟大的艺术。"

她盯着他脸颊上的竖纹和紧绷、透明的皮肤。他忧郁的嘴触到了她，就像一个触及她心脏的指尖。

爱在他们之间伸展开来，如薄纱般易碎。她知道这不会长久。厌恶、憎恨、冷漠和自私会像忠诚的老友那样再度归来，没什么能让它们相信自己不受欢迎。只要她再次沉浸在写作中，嫉妒的魔鬼就会立刻缠住他，他会感到自己被她的小小世界排除在外，就像她曾在操场上用粉笔在脚边画的幼稚标记："踩在线上的人就不能再玩了。"而如果她现在屈服，重新开始爱他，他的复仇将击中她那颗不设防的心。然而，在他那双充满爱意的黑眼睛的注视下，她仍然为那种昔日的幸福感激动不已。

"我们回家吧，"她说，"让他们等我们吃晚饭太不像话了。"

"是的，没错。"他说着叫来了女服务员。他结账时，她似乎听到暖气管里传来一阵遥远、幸灾乐祸的笑声。但那也许只是她的想象；毕竟，她现在已经康复了。

晚上很冷，风很大，在回家的几步路上，格特用一只手臂搂住了她的肩膀。

"对了，汉娜有男朋友了，"他说，"是她高中同学。我跟他打过几次招呼，是个很好的孩子。"

她觉得，他说这话时刻意装出了漠不关心的样子；她听到了汉娜冷冷的声音，如同从枕头里的扬声器中传来的那样。

"也是时候了，"她说，"该允许她过自己的生活了。"

她躺着，把脸靠在他瘦削的肩膀上，肩膀散发出新修剪的草坪的浓烈气味。他的手指温柔地滑过她嘴唇的曲线。

"我们重新开始吧，"他说，"让我们忘记我们之间所有的芥蒂。"

他们和孩子们度过了一个愉快的夜晚，孩子们的面孔挂回了原位，就像墙上的画一样。瑟伦的一侧脸颊上有一道伤疤，是物理课上爆炸留下的。它将永远存在，而她得把那瓶硫酸的记忆，连同浴室里的面孔和说话声，当作秘密深埋心底。

"我经历了一场危机，"她说，"我意识到一个人不能无视那些在世上受苦的人。"

"噢，"他笑着说，"吉特也成功给你洗脑了。但你知道吗，关心邻居皮肤上的老茧比关心刚果的黑人更需要勇气。我想到了阿尔贝特·施韦泽[1]。斯

---

[1] 阿尔贝特·施韦泽（Albert Schweitzer, 1875—1965），神学家、音乐学者、作家、人道主义者、哲学家和内科医生，生于法国阿尔萨斯（出生时属德国，"一战"后属法国）。他曾长期在非洲加蓬从事人道主义医疗工作，并因此获得1952年诺贝尔和平奖。下文提到的斯特拉斯堡即位于阿尔萨斯。

特拉斯堡的街头一定有很多受苦的人，但他不会因为帮助他们而成为世界知名的人物。"

"越南战争，"她犹豫不决地说，"那些被轰炸的孩子呢？"

"先照顾好你自己的孩子，"他严肃地说，"不是指责你——但你最近很是疏忽了他们。"

"我真想写一本给成人读的书。"她认真地说。

"写吧，"他说，"我相信你可以。"

突然，墙壁微微向内倾斜，她伸出一只手去支撑它。她似乎再次听到了汉娜充满憎恶的童声：

"我鄙视你那些恶心的章节。"

"你能回答一个问题吗？"她问。

"能。"

他的手指穿过她的长发，她有种一闪即逝的感觉——自己的面孔正迅速变老，变得像瑟伦在酷刑格栅后的面孔那样苍老、皱缩。

她满怀恐惧地问："你和汉娜之间发生过什么吗？我只想知道真相。"

他没有移开手指，而是冷静地、近乎冷漠地

答道:"真相,莉塞,就跟手指上的倒刺一样烦人。你认识任何从真相中得到哪怕一丁点好处的人吗?"

"不认识。"

突然间,真相变得毫不相干,也不再重要了。长长的句子滑过她敞开的心灵。明天,她将开始写作,开始照顾她的孩子们。这意味着学会烤面包变得极其重要。而想要那样做的人,会继续照顾世界上的其他人。

格特关了灯。她心满意足地叹了口气,依偎在他身边。

"不知道吉特去哪里了?"她昏昏欲睡地问道。

"我想,是去基布兹了吧,"他说,"她总是谈起这个。"

"是的。"莉塞说,想到自己只从谈判格栅后听到过这件事。在莉塞的记忆中,吉特在她进医院前从未谈起过基布兹。但在这个世界上,什么是真实的,什么又是不真实的呢?人们可以紧紧抓着自己的自我走来走去,这难道不是一种病态吗? ——

自我不过是由说话声、面孔和记忆组成的一片混沌，他们只敢让它从自己身上一点一滴地溜走，从来不确定能否将其找回。

"明天，"她说，"我要开始写作。"

但他已经睡着了。

主　　编丨苏　骏

策划编辑丨苏　骏

特约编辑丨苏　骏　　赵　晴

营销总监丨张　延

营销编辑丨狄洋意　　许芸茹　　韩彤彤

版权联络丨rights@chihpub.com.cn

品牌合作丨zy@chihpub.com.cn

春山望野（北京）文化传媒有限公司

Room 216, 2nd Floor, Building 1, Yard 31,
Guangqu Road, Chaoyang, Beijing, China